文学书馆

当代中国

樱花岛国游学梦

赵建华 著

中国文联出版社

图书在版编目（CIP）数据

樱花岛国游学梦 / 赵建华著 . -- 北京：中国文联
出版社，2017. 7（2023. 3 重印）
ISBN 978 - 7 - 5190 - 2864 - 0

Ⅰ. ①樱… Ⅱ. ①赵… Ⅲ. ①随笔—作品集—中国—
当代 Ⅳ. ①I267. 1

中国版本图书馆 CIP 数据核字（2017）第 166601 号

著　　者　赵建华
责任编辑　郭　锋
责任校对　乔宇佳
装帧设计　中联华文

出版发行　中国文联出版社有限公司
地　　址　北京市朝阳区农展馆南里 10 号　　邮编　100125
电　　话　010 - 85923025（发行部）　　85923091（总编室）
经　　销　全国新华书店等
印　　刷　三河市华东印刷有限公司

开　　本　880 毫米×1230 毫米　　1/32
印　　张　6. 75
字　　数　122 千字
版　　次　2023 年 3 月第 1 版第 2 次印刷
定　　价　65. 00 元

目 录

第一章　出国

　　南方的严冬其实是从 1 月开始的。上海的冬天和长沙的冬天一样冷，天灰蒙蒙，风冷飕飕。我右手拖着沉重的行李箱，左手还提着一个大挎包，只身来到了上海虹桥机场。

　　托运行李、领登机牌处密密麻麻地排满了人，三五成群，欢声笑语。我木然地站在后排，想着不知道还要等多久才能轮到我。我前面站着一位看似 50 岁的男人，两手空空，只背着一个鼓鼓囊囊的双肩包，正伸长脖子朝前看。看他像是一个人出行，我便凑上前去问他："同志，你坐什么航班？去哪里？"他笑着回答我说："我系意饼仁。"（"我是日本人"的发音。）我正想再与他搭讪，耳边忽然飘来一阵清脆的女声："现在播放 1989 年元旦社论——《同心同德艰苦奋斗》。1989 年来到了！刚刚过去的 1988 年是难忘的……"这是什么地方的有线广播在播送"新年献词"。听着听着，我听走了神，耳边响起的竟是凄凉的女童声："妈妈，你去哪里？我也要去！"这是两天前我离开长沙火车站时女儿的哭叫声。不满5岁的女儿是用这种声音给我送行的。给我送行的还有好多好多人，有我的父母、兄弟、亲友，还有我工作单位的领导、同事。他们面带笑容，挥手跟我告别。最让我难忘的，是他们那种充满期待的眼神。

等我回过神来，耳边还是那清脆的女声："历史不会割断。1989年是1988年的继续，正面的、反面的，积极的、消极的，欢快的、沉重的东西，都不可避免地会继续。'一元复始，万象更新'，毕竟只是良好的祝愿。我们要通过团结一致的奋斗，发展正面的、积极的、欢快的东西，使它们的比重越来越大；克服反面的、消极的、沉重的东西，使它们的比重逐渐降低。1989年一定会胜过1988年……"

这是1989年1月5日，我捏着崭新的护照，听着"新年献词"，在上海虹桥机场排着队，等着拿登机牌后第一次跨出国门。

童年的记忆

36岁的我，拿着登机牌，捏着崭新的护照，在候机厅内，望着窗外的天空发呆。

20世纪50年代出生的我们，经历了很多很多事情。记忆中，小时候的生活与现在比起来真的是物质匮乏、日子贫穷。当时几乎家家都有好几个孩子，兄弟姐妹多，穿的衣服大多是大的穿过了小的接着穿，穿破了缝缝补补接着穿。买布要"布票"，买粮食要"粮票"，国家按人口计算分配生活票证。当时吃的东西非常有限，我们的零食多是红薯片、紫苏梅子姜，而且多为家庭手工制作。

我们家附近有几栋邮电宿舍，还有省出版社。我的几个小学同学都住在那里，我经常去那里玩，晚上我们还组成学习小组一起做家庭作业。

当时谁家也没有自来水，邮电宿舍附近有一口很大的井叫"赵家井"，井水清澈见底，夏天水冰凉，口渴了我们就用双手掬起一捧水来就喝。井水清甜爽口，喝下去从来没有闹过肚子。冬天的井水是温热的，我们用来洗手洗衣服也不会感到凉。我一直奇怪这口井一年四季都是满的，从不干涸，但又从来不会溢出。家庭用水要用一根扁担挑着两个木桶，到井里去将水吊上来后挑回家。家家户户都有一个大水缸储水。后来有了自来水，但自来水管道没有通到各家中，一条街上只有一个地点有水龙头供水，大家排着长队，仍然是用扁担挑水回家。我有一个比我大三岁的姐姐，她长得高，做事又勤快，记忆中她挑水挑得最多最快。尽管如此，我们童年生活的回忆永远是快乐的。

小学毕业前，我家住在省展览馆路 3 号，出门便是烈士公园南大门，家后院门紧靠着省政协，家右边往前是省委大院，左后方是清水塘纪念馆和市一中学，前面是省展览馆、省体育馆和飞机坪。飞机坪上从来没有看到过飞机，听说以前叫"协操坪"，后来"文化大革命"中改为"东风广场"，再后来改为"省体育场"，记得每年学校都组织我们到那里参加学生运动会。我的得意项目是 100 米赛跑、400 米接力赛，还有跳高、跳远、打乒乓球。为了参加运动会，我们很早就要去学校训练，训练完后再上课。我的体育老师是王章老师，当时 50 来岁，要求很严格，我们都有点惧怕他。参加运动会时，我们排着队列，举着红旗，从三公里小学出发，经过市第一人民医院，再经过民办真知中学、松桂园、省展览馆。到我家门前时，当时只有 4 岁的小妹妹总是指着我对她的小朋友们说："那是我姐姐，我姐姐是'动物园'。"我想她想说的应该是"运动员"。

学雷锋做好事

上小学时，"学雷锋，做好事"几乎是我们每天的作业。下课后，几位同学分成一个小组，站在路边，维持交通秩序。只要看到有老人过来了，我们就争先恐后地跑过去搀扶。我们还定期去老人家里帮助打扫卫生。在经武路松桂园去学校的路上，有一个陡坡。当时的运输工具多为木制二轮拖车，用于运送蔬菜水果或一些日常用品，全靠人力，我们称其为"拖板车"。放学后，我们就等在那里，有拖板车来了，就一拥而上。前面的大人用双手紧紧抓住板车的两根杠子，弯着腰，低着头，双脚重重地蹬在地上，使劲儿将板车往上拖。我们就在板车后面咬着牙，翘着屁股，蹬着腿使劲儿将板车往上推，直到将板车推上坡进入平路后，我们才擦擦汗气喘吁吁地撤回。我们称这为"撑上岭"。回家后就写日记"学雷锋，做好事，争当优秀少先队员"。

我的小学同学朱织媛是我最要好的朋友，她家就住在省展览馆马路边。她家附近有一条铁路和一个叫"四煤站"的地方，我们去学校时要经过这条铁路。当时好像正赶上国家三年困难时期，又听大人们说国家与苏联老大哥的关系破裂了，苏联撤走了专家，致使当时的中国工业经济陷入困境，能源紧缺，火车经常因缺乏能源停在铁轨上。在去学校的路上，我们经常被拦在铁路这边不能过去。等久了怕迟到挨老师批评，于是男同学就背着书包爬上装满黑乎乎煤炭的车厢翻越而过。我们女同学只能胆战心惊地从车厢下面的火车轮边穿过铁路而行。我们两人一起上学，一起放学后学雷锋做好事，还曾经一起拾金不昧受过表扬。我俩还同时加入了少年先锋队，是我们班第一批在烈士公园烈士塔前宣誓入队的"三好学生"。

湖南烈士公园

　　每到清明节，学校会组织我们去烈士公园纪念碑给革命先烈扫墓。"湖南烈士公园纪念碑"由毛泽东主席题词，这里面长眠着为中国革命捐躯的包括毛泽东主席的六位亲人在内的湖南出生的革命先烈。记得那时候，我们集中在朱织媛的家中，手工制作纸花戴在胸前，还扎成花圈写上我们的名字献给革命先烈。戴着花，举着花圈，我们一路排着队、唱着歌向烈士公园走去。"翻过小山冈，走过青草地，烈士墓前来了红领巾。举手行队礼，献上花圈表表情。想起当年风雨夜……"这首歌我们刻骨铭心。

　　小时候，夏天是我们最快乐的时光。游泳是我最喜欢的运动。烈士公园内有一个游泳池，还有一个人工湖，穿过公园就到了浏阳河边。在这里游泳玩水，是我和小伙伴们的"日常茶饭事"。记得有一次，我们又去公园内的游泳池游泳，因为人太多，我们三个女孩就决定去人工湖游。三人中一人不下水，在岸上看衣服。我自恃水性比她们好，就先下水试深浅。刚下水，我就发现人工湖是一个斜坡，没有站脚的平地，一下水马上就滑到了水深处。我正想告诉同伴不要下来，这里不能游泳，没想到同伴曾小芳已经滑了下来，正"咕噜咕噜"地冒水泡往下沉。我一看，马上游过去拉她。她死死地抓住我的手不放。我们俩一起往下沉。

小芳比我大一岁，长得又高又漂亮，我很喜欢她。她哥哥与我哥哥是长沙市一中的同学，也是好朋友。后来她哥哥考上了位于武汉的华中工学院，我哥哥去了北京航空航天大学。有一次，她哥哥带她来我家玩，我们就成了好朋友。那年，正值"文化大革命"，我哥哥是首都红卫兵代表，从北京来串联，给了我两张去毛主席故居韶山的参观券，我就邀了小芳一起坐汽车第一次去韶山参观。

那天我们俩一起出来游泳，一旦沉下去，后果不堪设想。我努力地浮出水面，看到岸上的女伴（我的堂姐）正在向附近几个男孩招手求救，男孩子们还在哈哈大笑。我想，如果我不甩开小芳的手，我们俩将同沉湖底，因为我根本没有力气拉动她一起游到湖边。于是我深吸一口气，沉入水里，用嘴狠狠地咬了一下小芳抓住我的那只手。她松开了手，我迅速地游到湖边，喊堂姐快伸手过来抓住我的手，我再伸手抓住小芳的手。三人合力挣扎着爬上了湖岸，摆脱了危险。

那天，我们三人发誓，今后再也不下这个人工湖，而且这件事谁也不准说出去。没过多久，我妈托人给我算命。算命先生说我的命好，一生有贵人相助，还说我命中注定有"四书五库"。至今我都没弄清楚"四书五库"是指什么，"贵人"是谁。

"文化大革命"中的乱读书

1966年，我们小学毕业，正赶上史无前例的"文化大革命"。哥哥姐姐们戴着"红卫兵"袖章，往北京、上海、井冈山、延安全国各地去串联，学校停课闹革命。我们这批人还没有走进中学的大门，自然没有资格当"红卫兵"，就结伴上街去看"大字报"，后来我们干脆拿着笔记本去抄写"大字报"。有一天，一位住在邮电宿舍一起去抄"大字报"的同学没来，后来听说是她妈妈上街时，被搞武斗的人开枪打出的流弹击中受了重伤，之后就不准她再去街上乱跑了。从这之后，我们这支队伍也就散了。那以后我经常是一个人在自家的后院里读《毛主席语录》，背诵《毛泽东诗词》。

"文化大革命"中，我家有一位远房亲戚的儿子在市第七中学读书。学校停课闹革命，他要回家去。因他家较远，临走时他将一口箱子寄存在我家。沉甸甸的一箱子全是书，有《红楼梦》《水浒传》《西游记》《三国演义》《封神榜》《静静的顿河》《钢铁是怎样炼成的》《青春之歌》《红日》《战火中的青春》《野火春风斗古城》《一千零一夜》《家》《春》《秋》等。正当我无学可上、无书可读、无事可做的时候，我将这口箱子上上下下折腾了好几次，里里外外看了个够。有一天，我拿了本《一千零一夜》到烈士公园的人工湖旁去看。刚坐在湖边的石凳上，就听说刚刚一个下水游泳的人被淹死了。我很害怕，拿着书正想起身回家，被一位巡逻的工作人员看见。他说我看的这本书是"封资修"的禁书，不准看，就被他没收了。至今我仍在想，肯定是他也想看书，找借口拿了我的书。

又有一天，也是我家的一位亲戚的弟弟，他在市第一中学读高中，到我家来玩，带了一本《希腊神话与英雄传说》给我看。这本书使我知道了在西方世界有一个神奇的国家叫希腊，那里有好多好多令人神往的雕像与传说。后来不到半年，这位借书给我看的当时不到20岁的高中生在一次红卫兵串联活动中遇难。人没了，书也不知去向。但希腊却令我心驰神往，成为我第一个梦想出国看看的地方。

进工厂当工人

我没能赶上那股轰轰烈烈的"文化大革命"的潮流，却赶上了国家大招工的新年代。1970年以前，老三届的学校毕业生基本都是"知识青年上山下乡，接受贫下中农的再教育"。而到了我们毕业时，执行的是"工人阶级领导一切"，工宣队进驻学校，大批应届毕业生直接从学校进入了工厂。虽说我们也是去"接受工人阶级再教育"，但比起上山下乡，条件是好多了。

1969年，由于政府拆迁，我家不得不搬家，我也从位于市北正街的长沙市第四中学（周南女中）转学到位于市东塘的长沙市第五中学（雅礼中学）。在这里学习不到一年，就由学校直接分配了工作。我有幸进入了位于长沙市内的一家隶属于国家机械工业部的工厂。刚一进厂，厂里就举办"新工人学习班"，组织我们这批未满18岁的120多名新工人去当时望城县雷锋公社接受培训。我们这批刚从校门出来就直接进入工厂的新工人，大多从未离开过家，缺乏独立生活的能力，有许多人还是第一次离开长沙市。记得我们100多人排着长队，背着行李，浩浩荡荡地步行前往。我们从长沙市南郊涂家冲出发，经过黄土岭、侯家塘，再走过劳动广场、南门口、五一广场，然后跨过湘江大桥。

比我大三岁的姐姐专门从家里赶来，一直陪我从工厂出发送我们到了湘江边后才挥手告别。然后我们从滦湾镇开始，沿着不熟悉的乡间小路一直往前走，不知路有多远，但谁也没有怨言，跟着工厂派来的两位领导我们的胡师傅和卢师傅，从早晨一直走到晚上，终于到了目的地——雷锋的故乡。这里一片青山绿水，我从未在这样的环境待过，心想如果上山下乡来到这样的地方还真不错。晚上，我们被分成几个小组，分别睡在大队和公社专门为我们准备的宿舍里。记得当时是初春三月，领导我们的师傅怕我们着凉感冒，深夜还来为我们盖好被子。白天时，他们组织我们学习雷锋的事迹，培养我们大公无私、艰苦奋斗的精神，还组织我们学习工厂的厂规厂纪，教导我们要成为遵纪守法、勤奋好学的工人。

一个月的培训结束后，我们分别进入工作岗位。作为"文化大革命"中第一批从学校招收的技术学徒工，我们分别从事车工、钳工、电工等技术工种。我被分配到模具车间当木模工，是车间里唯一一名女学徒工。当时我认为木模工就是一个木匠，觉得一个女孩子当木匠有点不好意思，而我想当一个名副其实的产业工人，想操作机器。我特别羡慕我的同伴穿着蓝色背带工作服站在机床飞轮旁的身姿，特别想当一名女车工。后来车间的领导开导我，告诉我要服从组织安排，要像雷锋那样，干一行爱一行钻一行，做一颗永不生锈的螺丝钉，放在哪里就在哪里发光发热。就这样，我怀着一种感谢命运的安排，感谢哥哥姐姐们上山下乡使我们有机会进了工厂的心情，认真学习技术，利用业余时间学制图、学画线，在政治上积极要求进步，写入团入党申请书。一年多后，我成了新工人中第一批发展入团的共青团员，不久又从现场工人调到工厂的共青团组织办公室，成了一名专职的共青团干部。那些年，我们几位共青团干部组织了一个"业余学习小组"。下班后，我们自觉地集中在团委办公室内学习到深夜。我们学习的第一本书就是马克思、恩格斯的《共产党宣言》。

"一个幽灵，一个共产主义的幽灵，在欧洲徘徊。"从那时起，我的又一个出国梦诞生了，那就是去欧洲。我向往苏联，想去看十月革命的红场、克里姆林宫。我也向往法国，想去看凯旋门和埃菲尔铁塔。

1989年1月5日，我拿着登机牌，捏着崭新的护照，对着窗外的蓝天白云发呆。我要去的地方，不是我向往的有许多美丽神话的希腊，也不是苏联和法国，而是日本福冈。就是那个排队站在我前面领登机牌的人说"我系意饼仁"的日本。那个当时的世界经济大国，那个我们曾经抗战十四年的战败帝国。

我和他

　　我坐在中国国际航空公司的波音机上，任身躯随机翱翔。国航的空姐好漂亮，高挑的身材，粉亮的妆容，笔挺的蓝色制服，色彩艳丽的丝绢围巾系在脖子上，衬托着迷人的笑脸，在 20 世纪 80 年代还不习惯化妆的中国女性中显得格外光彩照人。

　　飞机没有多大的震动，飞行了两个多小时就到了福冈机场。回想起 20 世纪 80 年代初我第一次坐飞机从桂林到广州出差时，坐的是安 -24 型苏联制造的飞机，那感受简直是头昏脑涨、震耳欲聋，有翻肠倒胃之苦。那时我心想，今后不管路再远，宁愿熬时间，也不坐飞机活受罪。没想到第二次坐飞机的感受竟是这样舒适。

　　随着陌生的人流走出机舱，沿着长长的走道去拿行李，我忍不住东张西望，强烈的灯光有点刺眼，我没有发现什么特别的地方。虽然是第一次来到这里，我却有种似曾相识的感觉。站在转送行李台前，我忽然想起一首我喜欢的，也是当时十分流行的毛阿敏的歌曲，"你从哪里来，我的朋友。好像一只蝴蝶飞进我的窗口。不知能作几日停留，我们已经分别得太久太久"。想到马上就要拿到行李，步出这个机场，心中有点不安起来，外面的世界不知是什么样的。我下意识地抓紧挎在胸前的小包，里面装着我的护照、身份证、钱包，还有结婚证和市委组织部的一份公函。公函是针对我个人写的，主要内容是同意我出国，但不得在国外以中国共产党党员的身份参加任何活动，待回国后审查。我的钱包里装着 6 万日元和 100 美元。6 万日元是在日本鹿儿岛大学留学的夫君一年多前托人从日本带给我的。100 美元则是当时政府规定因私出国的人员每人可用人民币兑换 100 美元的外汇。

拖着沉重的行李，挎着胸前这个小包，我忐忑不安地走向安全检查税关入国处。我心想，如果我跨出了这个大门，他没有出现在那里，我该怎么办？当时没有手机，不会半句日语的我，兜里只有这么一点点钱，够不够买一张回国的机票？来这里之前，曾有人好心地告诉我，什么时候想回国，日本有全日空和日本航空两家国际航空公司的飞机飞中国。

至今也分不清东西南北的我跟随着人流来到了出口处，在人群中寻找那张熟悉的脸。终于，那张脸出现在了我的眼前。我心里一阵发热，快步走向他。他也迎了上来，拍拍我的肩，顺手拿过我的行李。我们互相点头笑笑，没有言语，没有拥抱。前一天晚上我在上海市内的国际长途电话间里给他打电话，聊了近 10 分钟，现在是一切尽在不言中。分别两年的我们，有点拘谨，还有点羞涩。这是我们第一次在异国相逢，也是我们结婚后的第七个年头。

我认识他是在 1973 年。当时，我们同时出席了长沙市共青团第十次代表大会。我是作为单位的共青团干部列席会议，他是作为他们单位的优秀青年代表出席了会议。代表们被分成很多小组，我们两个单位的代表凑巧被编在一起。三天的会议，我们一起学习，一起讨论发言，一起进餐，最后散会时，还一起合影留念。那次会议后，我们各自回到本单位，互无往来。那年我 20 岁，他 21 岁。

三年后的一个夏天（当时我是湖南师范大学的工农兵学员），学校放暑假，我提着行李从公交车下来，向家的方向走去。走到韶山路窑岭时，忽然听到身后有人叫我的名字。回头一看，原来是他——三年前一同出席市团代会的那位。三年不见，还是那张黑黝黝的面孔，张着大嘴露出一口洁白的牙齿对着我笑。他推着一辆湘江牌的旧自行车，与另一位年纪比他大的男士一起，向我走来。我有点惊讶，这么多年未见面了，他竟还能从背后认出我，还叫出了我的名字。还没等我说话，他就问我："去哪里？怎么拿这么多行李？"我说学校放暑假，带了些书和换洗衣服回家，家就在前面不远处。他马上说："正好我们也去那个方向的一个单位联系工作，可以同行。你把行李放到我的自行车上，我们送你回家吧。"于是，我们边走边谈。他告诉我，下个月他就要离开单位，去对河的中南矿冶学院上大学了。原来，他也是单位推荐的工农兵大学生。我们三人一起步行了近 10 分钟，就到了我家。在门外他将行李递给我，说声"今后有机会我们再见"就与他的同事一起走了。这是我们的第二次见面。

转眼间一年又过去了，夏天一个星期天的晚上，我乘公交车去学校，在涂家冲公交车站等车时，又碰到了他。他手提一个西瓜，也在等车准备回学校。他告诉我他家就住在附近，有机会来玩。于是我们同乘一趟车，经过侯家塘、劳动广场、南门口，又一起转车经过五一路、湘江大桥。我在溁湾镇站下车，他的学校比我的远，应该再坐两站下车，可他跟我一起下了车。我们边走边谈些学校的事情。走到我的学校大门口分手时，他将手中的西瓜硬塞给了我，并对我说，下周六晚上他们学校放电影，问我去看不。那时候，每个月各大专院校都会在大操场放电影，同学们都自带座椅，三五好友聚集在一起享受周末的时光，平时我也和同学们一起在我们学校的操场看电影。今天受到他的热情邀请，我就爽快地答应了。他告诉了我他们学生宿舍的位置，并说："一定来，我等你。"然后就消失在黑暗中。

每到星期六，我们这些家住市内的同学都会回家"打牙祭"。当时我们都是寄宿在学校的学生宿舍，八个人一个房间，四个上下铺，屋子中间是一排书桌。一日三餐都在学校的学生食堂吃，十个人一桌共餐。星期六下课后，我们就可以回家吃妈妈做的好吃的饭菜了，我们称之为"打牙祭"。那个星期六，我没有回家"打牙祭"，因为说好了要去他们学校看电影。迄今为止，我还从来没有单独与男生外出游玩过，更没有单独与男生在黑暗中看过电影。那天，我很想去他们学校看电影，但又有点不好意思。因为他们工科大学男生太多，女生去了会很起眼，我怕引起男生们笑话。

但我还是去了。我按照他告诉我的地址，找到了他的学生宿舍。他们的宿舍也和我们的一样，上下铺都住满了人。果真如我所料，看到我，他宿舍的同学们都从床上欠起身来，有的还从高层床位上爬下来，用充满好奇的眼光打量我。但我没有看到他的身影。

拘谨中我赶忙说明了来意，一位叫周启明的同学很豪爽地对我说："他刚刚出去了，没关系的，你在这里等一下，他马上就会回来的。"我想在这种气氛中我是不好意思待着了，也更不好意思跟这些人在一起看电影了，于是我说："我不等他了，请你们转告他，我与另一位同学一起看电影去了。"

我有一位要好的中学女同学叫朱雪琴，也是他们同一个系的学生。我和她是长沙市第五中学（雅礼中学）同学。她家住在离学校很近的矿山设计院职工宿舍，正好在我外公的工作单位——湖南生物制药厂的对面。放学后我经常去她家玩。她的爸爸妈妈和奶奶对我都很好。学校毕业后，我们班的大多数同学都进了工厂当工人，有的还继续升学后来当了教师。朱雪琴各方面都很优秀，但她却被分配下了农村，而且是一个很贫穷落后偏远的乡村。那个时代我们有好多不明白的事情。她下农村后，我们互相通信往来。她在农村干了好几年，后来被召回了她父母所在的单位工作，又被单位推荐上了大学。是金子总会发光的，她就是这样。在大学里，她是系里活跃的文体委员。大学毕业回原单位工作若干年后，她又作为湖南人的代表，出席全国人民代表大会，是多年的全国人大代表。

那天晚上，我和朱雪琴一起看了一场唯一在他们学校看的电影。电影的名字我现在怎么也想不起来了，只记得看完后，朱雪琴说了一句话："一根扁担连起了一生的感情。"好像是表现这个电影的主题时扁担总是出现的道具。

从那以后，我和他有了往来，可能是因为我们有不少共同的朋友，又可能是因为我们有不少共同的经历和共同的语言。有时候，他带着我们共同的朋友到我家里来玩，使我感到有点不知所措。有时候，他邀请我到他的朋友家去玩，使我感到很有趣、很快乐。记得有一次他带我去他的同学兼下农村当知青时的好朋友李军家里去玩。当时李军在省体委工作，住在树木岭省体委下属一个学校的宿舍里。他们两个大男人做饭招待我，使我感到有点过意不去却又很开心。他虽说是一个工科男，但我觉得他的文科也很不错。言谈中，我能感觉到他读过不少历史和文学方面的书。有时我将我写的文章给他看，他恰到好处的点评给我留下了好印象。有时候，他也会即兴写一点小诗给我看，使我感觉到他既好笑又有点憨厚可爱。

1978 年，我大学毕业了，又要回到原单位工作。三年的大学集体生活，一旦回归以前的环境，我感到莫名地失落。正好当时学校图书馆通知我归还所借的书，是一本法国小说《高老头》。我把书借给他看了，他却一直未归还我。我知道他正值毕业在外地实习，不可能找到他，就通过别人打听到了他的地址，写了一封信给他，催他快点归还我借的书。在信中我还告知他我毕业后将回原单位，现在的处境有点不适应，等等。同时我还附上了一首小诗来描述我当时的心情，题目是《无题》：

　　　　粗嚼文字细品茶，倚窗凝对木兰花。
　　　　我却含苞开不得，春风何日到奴家。

　　后来我听他说，接到我的信后，他忍不住将我写的小诗拿给他的好朋友兼同学看。同学说写得好，有诗意，还说我对他怀有好意，要他赶快回信表白。
　　很快我就收到了他的回信。他告诉我，书在他家里，并写上了地址让我去他家拿。在信中，他也附了一首他写的小诗，至今我只记得前两句是"船到江边已着头，未归只因遇浊流"。
　　就这样，我第一次去了他的家，见到了他的家人。再后来，我们经常通信往来，约会见面。我们去得最多的是岳麓山，印象最深的是昭山，现在回想起来还后怕的是横渡湘江游橘子洲头的那次懵懂莽撞的行动。

长沙市内有一条河叫湘江，贯穿潇湘南北，将长沙市分为"河东"与"河西"。湘江河中有一座小岛浮出水面，小时候听老人们称它为"水陆洲"，后来听说因为这里远在唐代开始就盛产南橘子，故改称为"橘子洲"。古时有不少诗人曾到此留下许多著名诗句。有杜甫的"桃源人家易制度，橘洲田土仍膏腴"，还有李珣的"荻花秋，潇湘夜，橘洲佳景如屏画"，等等。我们的学生时代记忆最深的是毛泽东主席曾在湘江边的第一师范学校求学，经常游泳到橘子洲头，与同学们一起在这里探索救国救民的真理。年轻的毛泽东于1925年创作的著名诗篇《沁园春·长沙》就诞生于此。

独立寒秋，湘江北去，橘子洲头。看万山红遍，层林尽染；漫江碧透，百舸争流。鹰击长空，鱼翔浅底，万类霜天竞自由。怅寥廓，问苍茫大地，谁主沉浮？

携来百侣曾游，忆往昔峥嵘岁月稠。恰同学少年，风华正茂；书生意气，挥斥方遒。指点江山，激扬文字，粪土当年万户侯。曾记否，到中流击水，浪遏飞舟？

这首气势磅礴的诗篇我们经常吟诵，激励了我们的热血青春。中华人民共和国成立后的20世纪50年代，身为国家主席的毛泽东又回到湖南，畅游湘江。听说70年代初，

80 岁高龄的毛泽东主席又一次回到湖南，他执意乘车到了橘子洲头。后又有一次提出要到湘江游泳，但因天冷水温低没能成行。

我和他相约到湘江游泳到橘子洲头，那是 1980 年夏天，我们俩第一次约会去游泳。那天天气燥热，太阳晒得皮肤火辣辣地痛，不动也浑身冒汗。我们带着一个救生圈，还带了一个大西瓜，来到了湘江边。换上游泳衣后，我们将衣服装进塑料袋中吊在救生圈上，西瓜也用塑料袋装好一起吊在救生圈上。我们选择了从猴子石的竹排上下水。大概是 11 点，周围没有一个人。他首先跳到水里，游动了几下后从竹排上拿下救生圈放到水面上。我看到大西瓜和一袋衣服与救生圈一起浮在水面上，随水流漂得很快。我虽然在上小学时与同学一起游过浏阳河，但那已是 10 多年前的事，而且我从未下过湘江。看到江中的橘子洲头，像一艘大船一样在离我们很远的地方漂浮，虽然风平浪静，但江中别无他人。我有点害怕，担心我没有力气游过去。但在他的面前我又有点不甘示弱。看到我在犹豫，他也不问青红皂白，对着我喊："快下来！快下来！这里好舒服。"说着还使劲地朝我这里泼水。我壮着胆子，跳下去，向他游了过去。我双手扶在救生圈上，双脚用力地蹬水。他在边上不时地用手推救生圈，还在我和救生圈的周围不停地游来游去。就这样，我们顺着水流，朝着橘子洲头的方向前进。不记得花了多长的时间，只感觉好舒服、好轻松地就到了橘子洲头的岸边。当时的橘子洲头，一片空旷，没有什么建筑物，有的是数不尽的橘子树和宽敞柔软的泥沙滩。我们坐在橘子树林下，他用手打开西瓜，我们狼吞虎咽，吃个精光。现在回味起来，那西瓜的味道真是又甜又香。

　　吃完西瓜，我们继续坐在橘子树林中铺满枯叶的地上乘凉，天南海北地扯谈。不知过了多久，天色突然阴沉了下来，接着是电闪雷鸣、倾盆大雨。我们赶紧收拾好行李，起身准备回家。6月三伏天，我们淋着雨水，走在湘江边的泥沙土路上，感到好惬意、好凉快、好舒服。当时湘江上还有摆轮渡的船，我们选择了坐轮渡过河。走到轮渡码头，天空放晴，天际一抹彩虹。对着天空，我感慨地说："今天真是水有情来天也有情，让我今天这样顺风顺水地生平第一次横渡了湘江。"他马上接过我的话来说："快写诗，用诗来抒发你的感情。"我说我想不出来。他马上仰望天空，脱口而出："啊！天上飘来一片祥云，满天都是美丽的彩虹。"逗得我笑得喘不过气、直不起腰，也迈不开腿。

　　就这样，我们好像是"顺水推舟"，也好像是"顺理成章"，谁也没有对谁说过"我爱你"，谁也没有对谁说过"我们结婚吧"。就在我们交往一年后，在他的家里，他父亲对我们说："你们年纪也不小了，给你们办理结婚吧！"于是在他父母的操办下，我们在他父亲工作单位的大礼堂举行了结婚仪式。那年他30岁，我29岁。

　　可以说，我和他有着相同的命运。我们相识时都是共青团干部，再相逢时又都是工农兵大学生。然后我们大学毕业后又同回各自的原单位工作，几乎是同时又成为各自单位的青年代表进入单位的高层领导班子。同一年，我们又同时参加了市政府组织的培训企业高层领导干部的学习班，在深圳学习时又凑巧地被分在了同一个小组。

国运、家运连接着个人的命运。20世纪80年代的改革开放，为我们提供了"天时、地利、人和"。别人都说我们两人运气好，年纪轻轻地就当上了副处级干部，又升工资又当官，是"青春得志""青云直上"。1987年春，他又赶上了国内的"出国潮"。他辞去了国内的工作，由比他先出国的弟弟经办，作为中国自费留学生，来到了日本鹿儿岛大学，研修工商经营管理。那年他已年过35岁，我们结婚正好5年。

福冈空港

分别两年后的今天，我作为自费出国留学生的陪读生，来到了日本福冈，与他在异国重逢。他拖着我的行李箱，我跟着他的脚步，懵懵懂懂地走在福冈市的街道上。街上几乎看不到走路的人，只看到高楼大厦上的看板，有"三菱银行""大和证券""邮便局"(邮政局)、"中華料理"(中华料理)、"寿司屋"等。虽第一次看到，却没有一点违和感，一切都"似曾相识"。他带我走进一家饮食店，我看到里面的人有的在吃炒饭、煎饺，有的在吃面条、白饭和炒菜。他告诉我，福冈的"博多拉面"很有名，可以试试。于是我们要了两碗"博多拉面"。面汤是猪骨头汤的味道，面条细而软，呈淡黄色。面上盖有红色的叉烧肉，金黄色的半边煮鸡蛋和两片黑色的海苔，还有切得很细的绿葱，颜色搭配得很好看。我细细地品尝着这异国的味道，感到没有长沙米粉的辣味，也没有中国面条的油腻，有的是一种海鲜的清爽的酸甜鲜味。吃完面，我们匆匆赶到电车站，在福冈车站前拍下了我们第一张在日本的合影后，乘电车去了他当时留学所在地——鹿儿岛市。

第二章　异文化交流

1989 年 1 月 7 日，是我踏上日本国土的第三天。"钩没顾得伞"（日语"ごめんください"的谐音，意即"对不起，我来打扰您了"）这样的日语还不会说，就遇到了日本的改朝换代。这天，在位 63 年的日本昭和天皇驾崩，宣布由皇太子明仁继位。当天，当时日本自民党的党首、

日本总理大臣小渊惠三宣布日本国号由"昭和"改为"平成"。在电视里，小渊惠三首相举着写有"平成"二字的牌子，向国民解释。"平成"年号的"平成"二字，出自中国的《左传》《史记·五帝本纪》中的"父义、母慈、兄友、弟恭、子孝，内平外成"，以及《尚书·大禹谟》之中的"地平天成，六府三事允治，万世永赖，时乃功"，取其"内外能够平和"的意思。

鹿儿岛大口市"中国留学生与青少年联欢会"

1 月 7 日这一天，鹿儿岛县大口市举办"中国留学生

与青少年联欢会"。我与夫君"兔先生"(夫君属兔)及鹿儿岛大学的留学生10多人应邀参加。这是我第一次参与本地人的交流活动。作为中国人的我们受到了他们的热烈欢迎。此次活动由财团日本扶轮社(日语ロータリークラブ)主办,出席交流活动的多为政府官员、本地名士、企业家及本地学校的学生。我们参观了市政设施,观看了学生的剑道、茶道表演等。晚上,留学生们分别到本地人家住宿体验异文化生活。

我们采取抽签的方式,决定去住宿的人家。我抽到了一位30多岁的男士。他西装革履,乌黑的头发,自然的平头发型,很有绅士风度。他带着年轻漂亮的妻子一起来接我去他家。我不会日语,无法交流。夫君兔先生就凑过来为我当翻译。听他们交谈后,兔先生告诉我说,他的家比较远,在大口市比较有名的寺庙的山脚下。他是寺庙的住持,他们一家热烈欢迎我去住宿。我一听说他是和尚,顿时惊呆了,傻傻地望着他那位年轻漂亮的妻子。后来才知道,日本的和尚是可以结婚的,可以与平常人一样吃喝玩乐,尽享人世间的天伦之乐。和尚是一种职业,也是一个谋生的手段。日本和尚的这个职业本是祖祖代代相传下来的,大片的山林、墓地和寺庙,都是和尚的私有财产。所以和尚在这里都称得上是"大金持",即"大户人家"。

想到我要住到"大金持"的和尚家里去,周围是寺庙坟山,我有点害怕。更何况我还不懂日语,无法交流。于是我对兔先生说，我不想一个人住到别人家去，要求二人共住一户人家。兔先生抽签的住家是扶轮社俱乐部会长的家，会长他们立即表示欢迎我们二人一起住宿他们家。就这样，我开始了来日本后的第一次异文化交流生活。

谷口徹二先生

谷口徹二先生是大口市日本扶轮社俱乐部的会长，市教育委员会委员长，60岁左右。在参加鹿儿岛大口市的"中国留学生与青少年联欢会"上，我们结识了他和他的夫人。这天我们被分配到了谷口先生的家住宿，体验真实的日本人家庭生活。谷口先生是会长，忙里忙外。谷口夫人始终陪伴在先生的身旁，协助他的工作。夫人待人非常热情亲切。联欢会集体活动结束后，在他们的带领下，我们来到了他们的家。这是一栋木式建筑的古老住房，上下二层构造，临小路而立。房后有一个宽敞的庭园，古老苍劲的松柏树，修剪得非常有型，如一盆盆巨大的盆栽。红色的茶花满园开放。园中有不少巨大的石头，造型各异，使我感觉到这里不像是一户普通人家的庭院，倒像是到了某个公园博物馆。

这里的环境真安静，一路上几乎没有遇到行人，也听不到任何杂音。附近住着几户人家，都是"一户建"的住房，二层为多，也有三层建筑，都关着门，没有动静。这里看不到高楼大厦。绕过后庭园，我们来到大门前。谷口夫人在玄关门口处招呼我们进来。我跟在两个大男人的后面，看到谷口先生在玄关处先脱了鞋，谷口夫人跪在地上递过了拖鞋，等谷口先生穿上拖鞋登上门台阶后，将先生脱下的鞋放正摆好，然后又为我们递来了拖鞋，夫人仍然跪在那里不动。我们有点不好意思，夫人年纪比我们大，夫君连忙上前想去扶夫人起来，但夫人不肯，执意跪在地上。等我们两人都穿好拖鞋后，她迅速地将我们的鞋子摆正放好后才起身返回。

进来后，谷口夫人领着我看他们的房间。这是一套很普通朴素的住房，几乎没有什么豪华的装饰。家具的式样显得陈旧，仿佛在告诉你它的历史。谷口夫人告诉我，她结婚后就一直住在这里，已有30多年的时间。一个儿子和一个女儿都在这里出生。儿子现在在加拿大留学，女儿在鹿儿岛空港工作，平时家里就他们二人。她边说边顺手推开了客厅旁的一间房门。这是一间和室，10平方米左右，谷口夫人说面积是六叠半。我看到这间房没有其他任何摆设，只有墙上挂的一个镜框和榻榻米地板上摆放的一尊像神龛一样的东西很显眼。夫人告诉我，这是他们家的"仏坛"（佛龛），供奉的是谷口家族的祖先。"仏坛"两边有不少照片，照片下有香炉香烛，还摆放有日本酒、苹果和鲜花等。每天他们都要在这里上香进供，问候祖先，祈祷平安。墙上挂在镜框中的花纹模样纹饰是谷口家族的印记或徽章，日本人称之为"家纹"，是这个家族的象征。日本一般家庭都有自己家族的"家纹"。"家纹"的模样多由自然界的植物、生物组成，世代相传。如日本天皇的"家纹"就是菊花。

听谷口夫人介绍后我有点不解，问夫人说，为什么人去世后要在家里设一个"仏坛"来供祭，难道日本人没有坟墓吗？夫人告诉我，日本人也有坟墓，而且还有家传的祖祖辈辈世世代代共用的坟墓。这坟墓仅限长子享用，即不论你家有几个儿子，只有长子和长子媳妇可与祖先同入一个墓穴。如果没有儿子的家庭，女儿可招"上门女婿"，在上门时必须改为女方的姓，这样才有资格进入这家祖宗的坟墓并继承遗产。日本人还真的是一个爱面子、重血缘、守传统、约束力和凝聚力超强的民族，连一个普通老百姓的家庭也如此。尽管他们的家族没有什么值得显耀的历史，现今也没有什么世人知名的人物，但是不论经过了多少朝代的变迁，不管他们同姓家族的人走到什么地方，他们仍能一如既往，"仏坛"与祖宗同在，血缘以"家纹"认亲。

我似懂非懂抱着不可思议的想法，随夫人上楼看卧房。

楼上有三间房，全是榻榻米式的和室。夫人推开房门，我看到这间房里几乎没有一件家具。夫人推开壁柜大门，我看到这个壁柜几乎是一个巨大的储物空间。壁柜上下两层，里面整整齐齐地摆满了棉被等物。夫人迅速从下层拖出两张棉垫，展开平铺在榻榻米地板上。她告诉我说这叫"敷布团"。又从上层抽出两套棉被，平放到棉垫上，说这叫"挂布团"。我抚摸着棉被，欣赏着被面的花样。夫人对我说，这"挂布团"的模样和针法都是她采用日本传统的技法，用无数块小布料一块块拼接成各种模样，花了两年的时间手工缝制而成的。

日本太太真是心灵手巧。我以前听人说过，日本女子在结婚之前，要在家里或专门学校接受"花嫁修業"（新娘课程），学习怎么样当好"相夫教子"的主妇。我想，做一个日本太太也真是不容易。

夫人带我去另一间房。这间房与那间房不同的是，在窗下有一个木板台，上面摆放着黑色的茶具，一个铁灰色的花瓶里插着一枝淡紫色的花。窗边墙壁上悬挂有一幅字画，草书体写着"日日是好日"。夫人告诉我，这里本是卧室，现无人使用就改作茶室。有时三五朋友来家，就在这里品茶聊天。她们采用的茶道是"裏千家"（里千家）流派。

我知道日本的茶道流派很多，技艺精深，以一生的时间习茶道也没有毕业典礼。我不懂，不敢多问，就随着夫人下楼去了。

谷口先生坐在一个四方形的盖着深红色棉被的矮矮的桌子边向我们招手。我们坐到了桌子边上，夫人从旁边拿来两个四方形的棉垫给我们，告诉我们这叫"座布团"，是垫在屁股下面的。她自己也拿了一个放在地上，双膝跪在上面，屁股坐在自己的双脚上。我也学着她这样坐。坐了大概两分钟，就脚发麻、腰酸痛，不时地挪动身体的位置。夫人见后笑着说，不习惯吧，可以把脚伸直到桌子下面去，这样会舒服一些。我赶紧伸直双腿，只感到桌子底下热乎乎地好暖和。夫人告诉我，这桌子叫"炬燵（日本汉字）"（日语"こたつ"），分上下两层，桌架上方装有一个小电炉，可自动调节温度。冬天在桌架上盖上棉被，再在棉被上放上桌面，全家人就可以围坐在这里取暖，还可以在这里喝茶、吃饭、聊天。累了还可以将身子挪进去，将头枕在"座布团"上睡觉休息。

好有智慧的发明。多功能的桌子，一物多用又节省空间。像楼上的卧室也是一样，客房、茶室、卧室一室多用，我想这里的人真聪明，真讲究实惠。回国后我也要有一间这样的房间。

四人围桌而坐，吃橘子、喝茶聊天，天南地北、海阔天空。我拿着纸笔写汉字表语意，夫君为我翻译交流，周围没有一点动静。我想在这寂静偏僻的小镇，儿女不在身边，是不是有很多不方便。谷口先生说，送儿子去加拿大留学，就是想让年轻人有一个更大的发展空间。他已在东京附近为儿子购了一套房，上年纪的人还是在自己的故土习惯。至于女儿，她已经有了工作，等她结婚成家了，就让她"夫唱妇随"吧。

不一样的国土，有着相同的传统文化。当年35岁的夫君要自费出国留学时，他父亲也是这么说的。我想从现在开始，我也要"嫁鸡随鸡，嫁狗随狗"，重新努力演一出"夫唱妇随"的好戏。

天色已晚，夫人招呼我们洗漱入寝。她将我带进了浴室。这是一间很整洁精致的浴室。进门是更衣洗漱间，一面很大的镜子嵌在墙上，镜台上有不少化妆品，还有两只布娃娃很可爱。夫人告诉我这也是她手工制作的。镜台下有一深蓝色的体重秤，洗澡出来后可以量体重，还可以测量内脏脂肪、皮下脂肪、骨骼筋率、基础代谢、身体年龄和 BMl 身体质量指数。经过更衣室后，进门就是浴室。淋浴处又有一面全身镜，下面放有一个白色的塑料小凳子，是用来坐着洗澡的。雪白的浴缸里盛满了蓝乳白色的水，正冒着热气。浴缸边还放有一个黄色的水瓢，是用来入浴缸泡澡前取浴缸里的水淋在身上以适应水温的。我问她浴缸的水颜色怎么会是蓝乳白色的。她说在浴缸中放了一包"药用入浴剂"，是鹿儿岛雾岛温泉的产品。鹿儿岛有一个"雾岛神宫"，这里有一个"天孙降临"的神话传说。因日本明治时代的维新志士坂本龙马新婚旅行时曾到过此地而闻名。用这种"药用入浴剂"泡澡，可以祛除疲劳、促进血液循环、滋润保湿皮肤等。

我一听，用这么贵重的东西泡澡，我一个人先泡了，这一大缸洗澡水倒掉了不是太可惜了？于是我赶紧表示我不泡澡淋浴一下就可以了。夫人连忙说不要紧的，先将身体在外面洗干净后再安静地将身体浸入水中，浴巾之类的个人物品不要带进浴缸，不会弄脏水。这样后面的人都可以接着泡。水凉了，浴缸会自动加热。夫人还告诉我不用着急，慢慢地泡吧。

我第一次在别人家里这样轻松愉快地泡澡。想着这里的人真会安排生活：一房多用既能睡觉，又能品茶；一桌多功能，既能喝茶吃饭，还能取暖休闲；连用一缸洗澡水泡澡也能这样泡到极致。

第二天早上一觉醒来，满屋飘着米饭香。夫人已为我们准备好了早餐。桌子上摆满了各种别致的小碗小碟，一人一份。我看到蓝花饭碗里装着白嫩嫩亮晶晶的大米饭，红花小碗中有一个新鲜鸡蛋，白瓷碗中有纳豆，小白碟中有一块烤红鲑鱼，小花碟中有渍黄瓜、茄子、白萝卜，还有一个比饭碗大的深红色的木碗，盖着镶金边的大红盖子。夫人招呼我们坐下吃饭。望着这满桌的摆放得如此整齐别致的饭菜，我不知从何入手。看到他们先双手合掌，放至胸前，口中念着"いただきます"（日语，意即"我不客气开始吃饭了"），然后揭开红色大木碗上的金边红色盖子，用筷子搅拌后再放下筷子双手捧着碗喝汤。我学着他们这样做，看到这碗汤里有豆腐、嫩海带和长葱，飘着黄豆酱的芳香。夫人告诉我这叫"味噌汁"，是黄豆和米发酵后的调味料，一般家庭每天都要喝，是身体的"元气之源"。以前主妇们都"自家制"，现在生活方便了，多从超市买回来。

　　喝了几口汤后，我学着他们将生鸡蛋打散在纳豆碗中一起搅拌，然后倒在白米饭上，就着白米饭一起吃。纳豆发酵后的那种霉气味和那缠绵的纳豆丝拌着滑溜溜的生鸡蛋的腥味，使我恶心想吐，难以下咽。看我这样，夫人赶快起身，拿走了我的饭碗说，吃不惯不要紧，吃别的吧。她给我重新装了一碗饭，为我做了份"目玉烧"(煎荷包蛋)。看我喜欢喝汤，又给我加了一碗汤。吃了饭菜，喝完"味噌汁"，我感到浑身热乎乎的，元气十足。

　　谷口夫人又将我带到楼上，她要帮我穿上和服，带我外出散步。楼上有一衣帽间，里面有一桐木大柜，打开抽屉，里面全是色彩鲜艳的和服，分别用透明的和纸包装着，散发着淡淡的幽香。她拿出一套大红底色起花的给我看，说这是她母亲遗留给她的，20岁成人式时就是穿这套和装照相。她女儿成人式时也是穿的这套和装，等她结婚时，就让她带着走。日本女子结婚前和结婚后穿的和服不一样。"你已经结婚了，这一套你不能穿。"于是她又拿出了另一套粉红底色起花的，对我说，"你长得白，这一套适合你穿。"我真是太高兴了。平生第一次亲手抚摸这漂亮的和服，却不知道怎么穿上身。夫人说，和服穿着有讲究，所以日本有专门的"和服学校"或"着物教室"，有先生教你怎样穿和服化和妆。她说她学过，可以帮我穿。夫人先帮我穿好里面一件纯白色的内和服，将衣服的长短调整好后用绵纽带捆在腰身上。这纽带很长，她拿着纽带让我转了几个圈才调整好。然后再穿外面的和服。里面的白色内和服是棉纤维的，很软很薄，非常舒服。外面的是丝绸的，有绣花，很光滑柔软，有重量，穿在身上有垂直感。衣服的长短同样是用纽带来调节固定的。穿好和服后，最后在腰间要戴上一个有硬衬的宽腰带，腰后有一个大蝴蝶结。夫人说这腰结就叫"带"。

腰上缠上"带"以后，这和服总算是穿好了。有点僵硬的"带"紧绑在腰与胸之间，压迫着心脏，我感到呼吸有点受阻，而且不能弯腰穿鞋或拿放在地上的东西，只能双膝跪下或双腿蹲下来。身上穿和服，脚下也有讲究，鞋袜是要相配套的。白色的布袜拇指是分开的，叫"足袋"。中间略厚、两头略薄的木质人字形拖鞋叫"木屐"。穿着这样的鞋走路，有点前倾后仰的姿势，再加上紧身的和服紧绷下身的臀部，不能跨大步前行，只能用小腿走碎步。这也许就是穿上和服显得身姿优雅、体态轻盈的要因吧。

替我穿好和服后，谷口夫人自己也迅速地换了装。两人穿着和服，走出了家门。一路上，微风拂面，草木飘香，路上几乎没有行人。跟着夫人的脚步，我们来到了一户人家的门前。夫人轻按门铃，轻喊"钓没顾得伞"（日语谐音，意即"对不起，打扰您来了"）。门应声而开。一位阿婆穿着便装微笑地打量着我，与谷口夫人交谈。我在旁边赶快点头鞠躬，用刚学来的一句日语问候"夜露西姑"（日语谐音，意即"请多关照"）。

就这样，我懵懵懂懂加羞羞答答地跟着谷口夫人走家串户。我初来乍到，不懂言语，不会交流，有点不知所措。但所有人都非常自然热情友好地接纳我，我没有感到一点疏远感。在这异乡别土，虽然语言不通，但我感觉到心是这样地近。异文化对我们来说，真的是有千万个理由可以互相吸引，没有任何必要去刻意互相排斥。

两天一夜的异文化家庭生活体验，结成了我们两家一生一世的友好往来。后来我们离开了鹿儿岛，虽远隔千里，但往来不断。逢年过节，我们互赠礼品，互递书信。几次谷口先生上京出差，都特意邀请我们见面叙旧。千禧年之初，谷口先生作为地方绅士代表赴东京出席日本天皇主持的一年一度的"春游会"，他特地偕夫人和女儿一家人来到我们家。初次见面时我女儿才6岁，这次再见时已是20岁的大学生了。谷口先生的女儿也已是三个孩子的母亲。岁月流逝，人情依旧。当年正值我们搬进自己的新家。看到我们由普通的留学生成长为日本大手企业的管理职位的正式社员，且在首都圈内拥有自己的住房，谷口先生惊喜地说："真没想到你们有这么大的变化。你们中国人真了不起、有能力。我回去后要把你们的故事告诉我的乡亲们。"

鹿儿岛大学宫回甫允先生

鹿儿岛市，是我踏上这个异邦土地的第一个生活据点，也可以说是我们在日本的第一个家。夫君至今还在说鹿儿岛是他的第二故乡。

鹿儿岛市位于日本的最南端，鹿儿岛市是县厅（省会）所在地。从地图上可以看到，鹿儿岛离中国大陆很近，古时鉴真和尚登陆日本、日本遣唐使船出海中国等，都与鹿儿岛有深远的文化历史联结。1982年10月，鹿儿岛市与我的故乡中国湖南省长沙市结为友好城市，互相有不少经济、文化方面的往来。

1987年，夫君作为自费留学生，来到了鹿儿岛大学。这是一所排名日本前30名的国立大学，位于鹿儿岛市中心。大学除了有来自欧美各国的留学生以外，最多的是来自中国湖南、上海、青岛和东北地区的留学生。其中又数湖南的为最多。有湖南湘潭大学派遣的公费交流学者，还有长沙市湘雅医院的学者、研究生等。夫君是法文学部的研究生。

宫回甫允先生，当时是鹿儿岛大学的年轻学者、经营财务和经营管理助教授。他是夫君留学日本的第一位恩师。夫君也可以说是他的第一位特别的中国研究生。

这里所说的夫君是"特别研究生",一是指他的年龄特别,宫回甫允先生的学生都是20岁左右的年轻人,而当时夫君已年满35岁,在这里的留学生中他年龄最大。二是指他学历特别,来这里之前已在国内一流大学毕业后在企业工作了多年,又先后经过英语培训,还完成了中国湖南经济干部管理学院的学业。来这里留学时他只是个没有学位的研究生。三是指他的待遇特别,来这里学习的交流学者或研究生们的学费多为国家出资或靠日本的奖学金,自费留学生则多为自己打工挣钱交学费,而他则是导师宫回先生以个人名义在大阪市的私人企业中争取得来的企业奖学金。

我第一次见到宫回甫允先生,是在他的家里。听说自己研究生的家属来了,他非常高兴,热情邀请我们去他家做客。先生的家在鹿儿岛市内,离大学不远。我们骑着自行车很快就到了。那是一栋普通的公寓式的住宅。我来鹿儿岛之前,夫君曾受邀请来过。先生的夫人在门口迎接了我们。我们进门脱鞋后,夫人跪在玄关前给我们递过拖鞋,然后帮我们摆好鞋后带我们走进了客厅。客厅不大,10多平方米,整洁明亮。靠窗户的位置有一架黑色的钢琴很显眼。先生西装革履笑着迎接了我们。我们同坐在一张沙发上。看上去先生40多岁,浓眉大眼,长得很英俊。夫人也就40岁左右,笑容可掬,显得很温柔贤惠。我第一次来夫君导师的家,心里很紧张,行动也拘谨,至今不知道这家里有几间房，房子布置是什么样的，只是对先生的一双儿女印象深刻。他们有两个上小学的儿女，那天见我们时，他俩都穿着标准的学校制服，一字一句地介绍自己的姓名年龄，然后毕恭毕敬地向我们行鞠躬礼，端端正正地坐着和我们一起照相。临别时，先生全家还在住宅外面和我们合影留念。

我与宫回先生只见过一次面。听夫君说，在他之前宫回先生也教过不少中国留学生。但他是宫回先生的第一个中国自费研究生。因年龄相差不大，先生与他除了是师生关系以外颇有兄弟之情的感觉。除了学习上课之外，先生还将自己的私人朋友介绍给他认识，共同交往。有时，还带他去一些文化娱乐场所体验日本文化生活，也多次去鹿儿岛市内天文馆的"居酒屋"喝酒欢谈。

听夫君说，有一次，在学校的研究室里，先生拿着一本书，好像是司马辽太郎的一本什么书对他说，听说中国的湖南人很强势、会打仗，你们湖南人是不是都很有"反骨叛逆"的精神？当时夫君毫不犹豫地回答说，在中国的近代史上，湖南确实出了不少名人，比如曾国藩、毛泽东，他们都是破旧立新改天换地的大名人，没有他们打天下，可以说就没有现在的中国。

事过好多年后，每当议论起这件事时，我们还是怎么也揣摩不透先生问这话的意思。

夫君在宫回先生的研究室学习了两年，这两年的学习为他的留学生涯打下了坚实基础。因为鹿儿岛大学当时没有他所学专业的大学院课程，在这里作为研究生完成学业后，他选择了去东京的大学继续求学。1989 年春天，我们告别了尊敬的宫回甫允先生，离开了鹿儿岛。从这以后先生几次出差上东京都联系我们会面。师生情谊一如既往。

鹿儿岛大学有一个留学生会馆，建于 1980 年。会馆有单身室 35 间，夫妇室三间，家族室两间。居住着 50 来位来自世界各地的留学生。四层楼的钢筋建筑，单身室是一层之间共用厨房、厕所、浴室和洗漱间。会馆提供所需生活用品，如书桌椅、书架和床铺及床上用品等。有专门工作人员打扫公共卫生。留学生每人限住一年，每月包房租水电费共 15000 日元。

我来这里时夫君已搬出留学生会馆。有一天，他带我来这里参加留学生会主办的留学生毕业纪念派对活动。走进会馆大门，楼下一层是一个宽敞明亮的会客厅，摆有各种报纸杂志，还有一台大型的电视机。进来时大家正在兴高采烈地跳集体舞。能歌善舞的同学们自告奋勇地登台献歌献艺。

之后，留学生们各显神通，纷纷做出拿手的自己国家的料理，有印度的咖喱、菲律宾的米粉、韩国的辣白菜和巴西的烤鸡等。中国留学生的饺子很受欢迎。大家边吃边聊，融洽得像一个大家庭。

山口纪男先生

山口纪男先生是鹿儿岛市政府的公务员，科长，50多岁。他是应宫回甫允先生的邀请，担任夫君赴日留学的身元保证人。

20世纪80年代，自费出国留学者，必须要有当地人做"经济保证人"，才有资格申请去该国的留学签证。担任"身元保证人"者，首先必须向本国的外务省递交"在职证明书""年收纳税证明书"等和"身元保证书"，然后待审查批准。"身元保证书"规定有三条：一是监督被保证人严格遵守日本法令法规，不从事入国留学目的以外的活动；二是被保证人的生活费及归国旅费缺乏的时候，保证负担开支；三是被保证人触犯日本有关法令时，替被保证人承担其法律责任。

一天，山口先生坐着他夫人开的家庭乘用车来到了我们这里，接我们去他家做客。他们住在离市区比较远的团地，好像是政府官员的住宅，叫"官舍"。50多岁的山口先生戴着老花镜，黑白交杂的头发有点稀疏。先生很健谈，在车上，他热情风趣地问我，时隔两年在福冈与御主人（日语的敬语。日本人称自己的丈夫为"主人"，称他人的丈夫为"御主人"）相聚时有没有拥抱、有没有流眼泪等。

一路上，我们笑声不断。经过一个街心公园前，先生让停车。我们下车后看到公园内绿树成荫，有一种庄严肃穆的气氛。我看到公园内高高矗立着一尊塑像，威风凛凛。山口先生告诉我们，这是大久保利通的塑像。大久保利通出生于鹿儿岛，是日本明治维新的民族英雄，也是"九州男子"的骄傲。鹿儿岛出生的明治维新的民族英雄还有西乡隆盛，他的塑像矗立在东京上野公园内。他让我站在像前拍了一张照片。

　　来到了山口先生的家。一进家门，先生脱下上衣，然后将手提包和上衣都交给了夫人，自己径直走到了"炬燵"边坐了下来。夫人将先生的上衣和提包挂好，招呼我们靠近"炬燵"坐好后，她一个人就忙了起来。

　　首先是沏茶端水，然后端出果子，再下厨房准备饭菜。先生坐着与我们聊天，一会儿呼唤夫人拿开水来，一会儿又叫夫人拿餐巾纸，还让夫人拿家庭相册给我们看。吃饭时，夫人不上桌，跑着给我们添饭加汤，忙得不亦乐乎。

　　听夫君说，山口夫人是药剂师，每天开车上下班。家中有三个儿子，还有一位老母亲同住，共六口人。夫人每天除了上班，还要辛苦地干家务活。日本的男子，特别是50岁以上的日本男子，大多不做家务，不进厨房门。结婚后，在家庭中有绝对的支配权。尤其是鹿儿岛出身的老男人，有"九州男子"之称，意即伟大的男人、大男子汉。

　　每年的元旦，是日本人的新年，就像中国人过春节一样隆重。每年我们都会收到山口夫人写来的"年贺状"。山口夫人的文笔诙谐幽默，充满了对家庭生活的喜爱和乐观。有一年我们收到了她的年贺状，她是这样写的：

祝贺大家喜迎新年！感谢大家去年的帮助！恳请今年多多关照！托诸位的福，我们全家稳健地度过了旧的一年，又迎来了更加美好繁华的新年。现在我们全家人的生命力都特别地旺盛。77岁的老阿婆更加爱美好奇了。不告诉你年龄的母亲我仍还是个明朗活泼心灵美的好女人。19岁的长男善良朴实招人喜爱。17岁的二男感情丰富笑颜迷人。14岁的三男能说会道聪慧机敏。还有个51岁11个月的父亲虽不修边幅头发渐渐稀疏却不改初衷。我高兴地期待着孩子们一天天健壮地长大，成为一个有思想有觉悟爱地球爱人类胜过爱自己生命的善良仁慈的社会人。

汤田五三已先生和汤田芳树先生

汤田五三已先生，我认识他时已是年近七旬的老人了。他高高的个子，炯炯有神的眼睛，脸上总是一副慈祥的笑容。夫妇俩在鹿儿岛大学附近的自家楼下经营着一家名叫"希望"的书店。一间不到50平方米的小小书屋，摆满了各种月刊、杂志和少男少女漫画，还有不少历史书籍。

在显眼的位置上，总是有日本NHK（日本广播协会）的《中国语会话》教科书和《日本语入门》等书籍。

这里的书店出入自由，不买也可以随便翻看。再加上汤田先生会说中国话，待人又特别热情亲切，留学生们几乎每天下课后都来书店拜访他。我家夫君初来鹿儿岛时，人生地不熟，是汤田先生与其他中国留学生一起，特地赶到车站迎接。那天下着大雨，天气很冷。看到白发苍苍的汤田先生冒雨撑伞站在黑夜中来等待迎接他时，夫君感动得热泪盈眶，至今仍念念不忘。

据夫君说，刚来鹿儿岛时，由于日语不很流利，生活多有不便。为了尽快地让他融入日本社会，汤田先生亲自当他的日语教师。下课后，在汤田先生书店的小屋里，先生从日语的"五十音图"的发音开始，一字一句地教夫君正确发音。之后又给他介绍工作，让他在汤田先生亲戚的公司里最早谋得一份职业，使他能勤工俭学，继续深造。

汤田先生每年都要去中国大连旅游。听别人说，汤田先生年轻时曾是《朝日新闻》报社的记者。战争年代曾去过中国的东北地区。战败后他回到了日本，而曾与他相好的女人却永眠在中国。每年他都要去祭奠她。汤田先生有两个儿子，都远离家乡，安家在东京工作附近。汤田先生不但自己热情地帮助众多中国留学生，还让自己的儿子一起来资助留学生们。他的两个儿子都当上了中国留学生的"身元保证人"。1989年，夫君结束鹿儿岛大学学业赴东京继续求学时，在东京时的"身元保证人"就是他的长子汤田芳树先生。

汤田五三已先生的长子汤田芳树先生在横滨的一个造船公司上班，有一儿一女，家住在横滨市。他的女儿比我女儿大三岁。我们像家族一样经常往来，逢年过节，他都会给我们送来日本的荞麦面和日本的和果子。同时还将他女儿穿过的漂亮衣服带来给我女儿继续穿。日本人有这样一种习惯，即自家的人或亲近的朋友，都会互通有无，特别是小孩用品，可以持续转送好几家。日本的学校、幼儿园及一些福利设施、公民馆等，都会定期举办一些不用品集中出卖的"跳蚤市场"，大家自动捐献自家的不用品，大到家用电器、家具、自行车，小到厨房用具、碗筷和衣服鞋袜等，几乎是应有尽有。这些物品不局限于新品，旧物也可以。人们去"跳蚤市场"各取所需，几乎每件物品只花 100 日元就可以买到手，拿回家继续使用。很多留学生也和不少日本市民一样，充分利用这些物美价廉的资源。这种"物尽其用"的习俗真的是既经济又实惠，还能环保节能，更好地造福于人类地球。

有一年，我们收到了老汤田先生给我们寄来的一箱水果，打开一看，是一个个黄澄澄圆滚滚的大柚子。柚子在这里很珍贵，我们很少买来吃。汤田先生在水果箱中专门附上一封信，告诉我们说，这柚子叫"文旦"，原产于中国。我家庭院的"文笪"托你们的福，今年大丰收，特寄给你们，请大家尝尝。收到这箱沉甸甸的"文旦"，我们心里热乎乎的直想流眼泪。一位年逾七旬的老人，亲自上树采摘多年辛勤耕耘收获的果实，又不惜千里迢迢邮寄来，不计报酬，不惜辛劳，这是一种怎样的情怀。这令我们终生难忘。

日本的"九州男子"，特别是昭和时代鹿儿岛的男人，大都给人一种威严固执的印象。当时有一首著名的歌曲叫《関白宣言》，即《男子汉宣言》，写的是一位男子在结婚之前对未婚妻的告白。1979年这首歌问世时，曾引起社会轰动，排名流行歌曲榜首，发行了160多万张。同时也引起不少异议，认为歌词反映了男尊女卑、男女不平等。歌词有点长，分为三段，大意是：在我接纳你为我的妻子之前，有些话我必须要先对你讲清楚。尽管这些话会很难听，但这是我的真心话。结婚以后，你不能比我睡得早，也不能比我起得晚。每天做的饭菜要可口，什么时候都要保持清洁美丽。先从能做到的事情做起，但所有的事情都不能忘记。尽管我的能力也不强，守护家庭是我的本分。谁都有自己做不到的事情，你不能多嘴多舌只许默默地随从我。你的父母我的父母都要同等尊重。妯娌之间要友善相处。在人后不许说长道短，也不要听信别人的风言风语。我结婚后不会去搞"婚外情"，我想应该不会吧！大概不会吧？你就这样认识我就行了。幸福的家庭要靠双方来培育，不要认为这只是一方的努力。你放弃了娘家来到了这个家。我就是你的家，你要将这个家作为你唯一的一个家。把孩子们养育成人，我们变老了以后，你不能比我先死去，就算是比我晚一天死去也可以，但不能比我早逝。在我死的时候，我什么都不要，只要你握住我的手，为我流下两滴以上的眼泪。这时候我会对你说，托你的福，让我度过了这美好的一生。不要忘记啊，我亲爱的女人。我爱你，我这一辈子唯一的女人。不要忘记啊，我亲爱的女人。我爱你，我这一辈子唯一的女人。

在我看来，汤田先生不仅是一位出生于日本九州的看似威严的长者，还是一位十足的"爱妻家"。他经常与妻子一起去打网球、一起去酒店吃饭，还带着夫人与我们一道游公园、观花展。

20 世纪 90 年代中期，中国湖南省长沙市举办"国际龙舟节"活动，汤田先生作为鹿儿岛市的民间人物代表前往参加。回来后他高兴地打电话告诉我们，说中国长沙真是一个好地方，他能以 80 岁的高龄来到毛泽东的故乡湖南参加活动，真是太荣幸了，是他终生值得纪念的事情。

20 世纪 90 年代末，汤田先生在其老家鹿儿岛市辞世。当时我家夫君因工作正在中国出差，未能出席葬礼。我们发去唁电，寄去了香典（奠仪），怀着十分尊敬感恩的心情悼念这位慈爱无私的老人。后来听人说，有很多中国留学生都出席了追悼会，悼念这位慈爱的老人。

追悼会一个星期后，我们收到了由葬主汤田芳子（其妻子）和汤田芳树（其长子）给我们寄来的"返礼"，是一床软松松的、轻薄薄的、白白净净的棉被。这棉被又是从千里之遥的鹿儿岛市那方故土而来。多年来，这床棉被像亲人一样始终陪伴在我们的身边，温暖着我们的心。看到这床棉被，就仿佛看到了慈爱的汤田五三已先生。他仿佛在充满温暖、充满柔情地谆谆告诫我们，无论在何时何地都要热情地做事、踏实地做人。

田原桂子先生

　　田原桂子先生，是一位有丈夫和两个儿子的 50 来岁的女性。按照日本人的习惯，一般已婚女士在公共场所不能称其为"先生"，而是称"奥様"。向别人介绍自己的妻子时，都称呼为"家内"或"妻"。顾名思义，日本人对妻子的称呼，"奥様"即有"角落里的人"的意思。"家内"即"家里的女人"。

　　但田原桂子先生不一样，凡我认识的人都称她为"先生"。她是一位经营"私塾"的教育工作者，一位已婚的拥有完整家庭的职业女性。她也是夫君为我来日本找的"身元保证人"。

　　在这里我特别提到田原桂子先生是一位已婚的拥有完

整家庭的职业女性，是因为据我所知，在日本社会，像她这样年纪的女性，绝大多数的职业都是家庭主妇，在家相夫教子。即使有一些在社会上工作的，其中多为独身未婚者或离婚后独身者。日本女性在日本社会中与男性一样，享有平等地接受高等教育的机会。日本有名的国立大学或私立大学，如东京大学、早稻田大学等，虽男性居多，但也不乏女性的存在。但日本有不少知名的女子大学，却是女性的专利，如日本东京家政大学、御茶の水女子大学等。而没有听说过有所谓的"男子大学"存在。也就是说，在日本社会里，女性除了能平等地接受一般国民都能接受的高等教育之外，还能接受特殊的女性教育。这是基于日本的社会分工。"男主外，女主内"可以说是日本民族根深蒂固的传统。男女结婚时，户籍本上注明男方为"亭主"（或"世带主"），女方按日本民法规定，必须放弃自己的姓氏，改为与男方同姓，这样才能受到法律的保护，享受日本社会对一个家族成员的待遇。多年来，围绕女子结婚后必须要改变姓氏的法律法规，日本社会也展开过多方面的舆论调查，也多次纳入过政府的民事议题进行过研究和议论。2015 年，有五位女性署名状告日本政府，宣称现在的日本国民法规定女性结婚必须要改变姓氏的条文限制了女性的民主自由，侵犯了女性的人权，要求废除此项规定，修改为女性结婚后有自由选择姓氏的权利。但是，日本最高法院经过审理，判决这五位女性败诉。理由是夫妇同姓，是日本千百年来的传统习俗，有利于日本国民家庭家族的认同。最后法院宣布继续维持原有的日本国民法规定不变，女性结婚后必须改随男方的姓氏。

在日本社会中，男性结婚后成为这个家庭的"世带主"，女性称呼自己的丈夫为"主人"。主人具有抚养家族、守护家庭的责任和义务。因此，已婚男性与未婚男性的工资福利待遇有不同的规定。已婚男性的每月给料（工资）中增加有"家族抚养手当"，即"家庭成员生活补助金"，妻子、小孩每人一份。小孩抚养到成人20岁，妻子抚养到男性职工退休为止。另外，从结婚时开始，男性的工作单位也同时为其男职工的妻子缴纳国民养老保险金和部分健康保险金，也就是其妻子老后同样有国民年金即养老保险金等。还有，男性结婚后增加了抚养人口，也就是说相应地增加了生活费的开支。这样，在每月缴纳的个人所得税中，可以按基数享受配偶者"控除"（扣除）相应的费用，即可以减少个人纳税的金额。同时，从20世纪70年代开始，日本法律规定，家庭主妇参加工作，年收未超过103万日元(1993年修改为130万元)仍可享受"家族抚养手当"，主人的工资中照样可以享受配偶者"控除"的税金。如果主妇的年收超过了上述额度，她就不能享受其主人单位的那些待遇，而且本人工资所得中要缴纳个人所得税、健康保险、年金保险、住民税等。因此，大多主妇即使参加工作也控制自己的年收在免除纳税的金额内。

上述一些法律法规，可以说是旨在鼓励女性结婚后辞去社会工作，回归家庭，当好家庭主妇。当然如果男性结婚后辞职回家由女性抚养也同样可以享受这样的待遇，但这种情况几乎是看不到的。同样，如果女性结婚后不辞职回家当家庭主妇，放弃享受的那些福利待遇，夫妇共同工作也是一种选择。现在的不少年轻人家庭都逐渐走向"夫妇共働"，即男女同工同酬，共同工作，共同经营家庭。

田原桂子先生是一位名副其实的先生。她在自宅（自家）的楼下经营一所私塾，自己既是经营者，又是教师。据她自己介绍说，她曾经是公立学校的数学教师，丈夫是公司职员。结婚后她辞职回家，后来自己创建了这所私塾，一边工作一边照料家庭。学生多时，她还雇用了两名教师共同教学。

私塾教学主要是辅导学生的课外学习，有帮助学生补习平时在学校学习的功课的，但大多数私塾主要是进行超前教育或进学教育的，即来这里的学生，另付相应的授课料金（费用），在规定的时间内，学习专门的知识。私塾有不同于一般学校的教科书和教学方法，有一对一学习辅导的，也有集中上大课。根据学生的学历水平和个人的自愿，有针对性地提高学生的应试能力，使其能顺利地考入自己理想的学校。

听我家的"主人"说，认识田原桂子先生，是在我来日本的前一年。"鹿儿岛市勤劳妇人会"在鹿儿岛市公民馆开设了一个"中国家庭料理"讲座，讲座分好几期，家庭主妇们自费报名参加，他应邀担任讲师。

在一次食文化的交流活动中，我家"主人"与大家一起做中国菜。有青椒炒肉丝、麻婆豆腐和西红柿炒鸡蛋等。在做青椒炒肉丝时，中华铁锅炒菜的香味和火旺油多使锅底冒火，引起了大家的啧啧惊讶声。第二天《鹿儿岛新闻》的报纸上，特别显眼地刊登了照片，报道了这次食文化交流的实况。田原桂子先生除了参加"中国语讲座"的学习之外，也参加了多次食文化交流活动，由此建立了友好往来，成了我来日本时的"身元保证人"。

我刚到鹿儿岛市没几天，先生就邀请我们去她家做客。先生亲自下厨，准备了丰盛的晚餐招待我们。使我最难忘又最喜欢吃的料理是茶碗蒸鸡蛋，每人一份。特别精致好看的有盖茶碗，里面有红色的虾、白色的银杏果、绿色的枝豆和黑色的香菇。它们均匀地像睡在淡黄色的海绵软床垫上一样风姿绰约，诱惑迷人。

日本家庭主妇十分讲究食器的搭配和使用。吃饭的碗、喝汤的碗、吃面的碗都要分别使用。还有盛炒菜的碟子、放烤鱼的盘子、装凉菜渍菜的小皿等都有讲究。做一桌饭菜，就像是编排一套节目，情节有轻重，道具做衬托。吃一顿饭，也像是演出一场戏，有先有后，有头有尾。饭菜要全部摆放好了以后才能动筷子。动筷子之前，大家要互相低头合掌，轻声细语地说声"我不客气开始吃饭了"。然后先喝一口汤，吃生鱼片时先从白色的鱼片开始。吃面时要发出嗍面的声音，吃饭的时候不能发出吧嗒嘴的声响等。吃完饭，要将碗筷摆放好后轻声细语地说一声"御驰走样でした！"（谢谢招待，我吃好了）这些习惯，日本人称之为"身躾"（素养），从小在家中养成，进幼儿园后也有学习。

在先生家里吃完饭后，先生又送给我一套精美的茶具和餐具，还有服装和其他生活用品，并亲切地对我说："万事起头难，有什么问题可以随时联系，我们互相帮助。"

第二天，先生又亲自开车带我们去市内观光喝茶。还与御主人一道来到我们的家探望我们的生活情况。

后来我们离开鹿儿岛到东京后，先生又专程来到我们家，并领着我们参加了"和平鸽巴士东京一日游"，与我们一起参观了皇居、国会议会大厦、富士电视台、浅草寺、上野公园等地，让我们尽早熟悉适应异地的生活。

田原桂子先生有一儿子在东京的早稻田大学读书。在她的介绍下，她的儿子又成了我们的好朋友。他多次来到我们家，交流学习情况，同时还学习中文，关注中国的经济文化交流。大学毕业后，他就职于一家有名的日本经济新闻机构，后由机构派遣任日本驻中国香港分社的驻外总代表，先后发表了不少报道中国经济发展的好文章。几年后他在东京举行结婚典礼，我们应邀出席。这是一场别开生面的和洋结合式的结婚披露宴。洁白的婚纱与漂亮的和服交替，最后新郎新娘喝中式的"交杯酒"，向客人们披露了他们在中国香港相逢、相知、相恋直至今日步入结婚殿堂的趣闻逸事，使婚礼满堂生辉。

这是我第一次参加日本人的结婚典礼。整个过程，使我感触良多。异性相吸引，经过恋爱结婚，这原本人之常情。两个互不相识的陌生人，可以经过相识、相知到相爱，再到结婚生子传宗接代，由两个个体转化为了一个整体，经历的是一个自然分娩的过程，也可以说是人类生命工程多年孕育的必然结果。由异性相吸引到结婚生子延续后代联想到异文化相交流，我顿然感悟异文化相交流与异性相吸引的原理如出一辙。异文化不应被排斥，它们有千万个相互吸引、相互交流的文化基因。它们也有千万个相互交流、相互利用的价值。人类文明是各类文化相组合的整体工程，我们有责任让其流传千古。

友冈洋人君

友冈洋人君，是我家主人的同学，同属鹿儿岛大学宫回甫允先生研究室的学生。他是日本按部就班升学的大学生，比我家主人小十多岁。我虽只与他见过一次面，却对他留下了深刻的印象。他是一位热情友好、勤劳好学的好青年。

那天，友冈君手捧一大束鲜花来到我们家，带着他的女朋友，邀请我们一起去旅行。他开着白色的自家用小轿车，告诉我们这是他用课余时间打钟点工赚来的15万日元买的旧车，开车不到一年的时间。我们驱车不到一小时，到达鹿儿岛市郊的旅游名胜——仙岩园。友冈君告诉我们，这座公园有很悠久的历史，是日本萨摩藩主岛津氏的别墅和庭院，别名"矶庭园"。在建筑风格上借鉴了中国园林的艺术技巧，园内的许多奇山怪石，与中国江西的"龙虎山"仙岩相似，因此得名"仙岩园"。

然后友冈君又驱车将我们带到了鹿儿岛西南方向的知览町。这里有多处日本武士的古老宅邸，很壮观，据说有250多年的历史，有日本"萨摩小京都"之称。

离开知览町，我们来到了鹿儿岛鲜花公园。这里一年四季鲜花开放，是日本国内规模最大的鲜花公园。许多鸟类在花丛中飞舞，碰巧一只鸟飞过，鸟粪落在了友冈君女朋友的肩上。女朋友搂住友冈君想躲避，他用纸仔细地替她擦干净后，紧紧地搂住了女朋友说："你是最可爱的人，花鸟都特别关照你。"事后我对我家主人说，友冈君真是一位既热情又多情得体的好青年。

最后我们来到了开闻岳的"开闻寺"。这里崇山峻岭，山脊线非常美丽，有"萨摩富士"之美称。3月初油菜花与金鱼草花盛开，我们仿佛置身于仙境中。

在开闻寺前，友冈君请我们一起吃日本传统的面食——"索面"。这种面很细很白很软。在家里吃时，先将面煮熟后用冷水冲洗完再盛在竹盆中，在一小碗中倒入调味料"面汁"，将索面一小口一小口地放于小碗中，一一蘸着吃。将面吸入口中时要发出"嗍面"的声响，以示这面条好吃又合口味。那天我们的吃法更是破天荒地有趣。在山中的小道上，面店顺着山势陡坡，从高处往低处用劈成两半的大竹子架了一座像桥梁一样的通道，冰凉的水从通道上面流下来，然后将煮熟了的面条放进去，面条顺流水而下，我们分别站在两旁，待面条流下来时，赶紧用筷子捞起放入碗中蘸一下放入口中吃掉。我们抢着捞面，跳着抢面，来不及蘸调味料就争先恐后地放入口中。到处是欢声笑语，真是快乐得不得了。

在回家的路上，友冈君特意绕道带我们去他家喝茶。他家在鹿儿岛市郊，父亲是茶农技师。他弟弟刚刚考上了鹿儿岛大学，正准备离家独自开始大学生活。日本的大学生，有不少从上大学起或20岁成人式后即独立生活。不少人边学习边打工，维持生活或交学费。有的人去搬家公司做钟点工，大多数选择去饭店、居酒屋或24小时便利店当服务员。日本有法律规定，年满16周岁的公民可以从事正规职业。

那天旅游回家后，我对主人说，友冈君带着女朋友陪我们游玩了一天，去了那么多的地方，真是太感谢他了。

日本人之间的相处都是 AA 制，而我们今天的费用都是他慷慨掏的。他还是学生，打工挣钱不容易，我们该怎样偿还他呢？主人说，等我们回国后，请他到中国来旅游。

一个月后，友冈君告诉我们，他利用毕业后就职上班前的一个月时间，去中国旅游了很多地方。这一个月才花了 1 万日元 (当时 1 万日元值人民币 800 元左右)。他说，中国旅游的名胜风景真是太多了，所到之处的中国人都很热情友好。

之后，友冈君就职于日本一家有名的旅行会社，专门从事旅游开发工作。每年他都给我们寄来年贺状，并附印上他的旅游照片。

谷川浩君

谷川浩君是鹿儿岛市肉类加工公司的职员，30 来岁，长得年轻英俊。他曾留学新西兰，后回到家乡从事肉类食品的研究开发工作。工作之余，他经常去鹿儿岛大学留学生会馆学习中国语，喜欢与中国留学生交流。他是我家主人在打工时结交的朋友。

离鹿儿岛市内不远处，有一座日本著名的活火山叫"樱岛"，在海水环绕中，矗立在蓝天白云下，终日像在吞云吐雾，不时还发出爆发声，很是壮观。它是鹿儿岛市的一大风景，也是这座城市的象征。

听说樱岛火山形成于2.6万年前，之后约4500年前又停止了爆发。约4000年前面对鹿儿岛市内的南岳又开始活动至今，近50年来有超过7000次的爆发。我家在樱岛火山对面的山腰上，虽隔海相望，但我还是感到火山喷出的灰尘随着风飘到住所周围。火山灰多时，不少人外出时都要撑开伞以挡灰尘。市政府每月无偿配发"火山灰袋"。黄色的塑料袋非常显眼。主妇们几乎每天扫除房前房后的灰尘，集中装在火山灰袋中，市政府定期回收。据说用这种火山灰做肥料，培育出来的"大根"（即"萝卜"）非常好吃，是鹿儿岛的"名物"。

一天，谷川浩君开着自家车，带着两位女同事一起来邀请我们去樱岛观光。从市内轮渡码头乘船不到20分钟，我们就到了樱岛。岛上有一个小镇，住着不少人家，还有一个温泉会所和几家小商店。我们到了樱岛町冲小岛附近的樱岛海中公园，这里有一个海拔373米的瞭望台，是离樱岛南岳活火山口最近的观光点。从来没有经历过地震的我，做梦也没想到我会来到这样一个活火山口观光，有一点恐惧，更多的是好奇。跟着大家一起，我登上了瞭望台，眼下看到的是一个庞大的、深不见底的、黑乎乎的深渊，脚下是从深渊口处连接而下的深灰色熔岩，已凝固成大小不同、形状各异的岩石流花，倾泻直通山下。环顾四周，只有一望无垠的已凝固成形的溶流岩石花块，错落重叠，千姿百态，直通海边。举目抬头，蓝天无际，白云缭绕，像一床薄薄的棉被轻柔地覆盖着樱岛，这多多少少也能抚慰我刚刚还有点恐惧的心。海风轻吹，海浪轻摇，火山口散发的温热气息让我感到温暖愉快。我惊叹，我感慨，地震火山，带给人类的不只是恐惧和灾难，它还向你展示出大自然的千姿百态，显示出大自然的神奇力量。同时它也赋予人类去重新造就一个新世界的使命和动力。人类在发展，地球在运动，这世界本来就是一个人类与地球共存的大千世界。

从瞭望台下来，我向朋友们表达惊叹，对他们说感谢他们让我看到了这样壮观的景象。我认为这真的是世界奇观，樱岛火山应该成为世界自然遗产。

登完樱岛火山后，谷川浩君告诉我们，他的家就在这不远的地方，请我们去他家喝茶。于是，我们又兴致勃勃地驱车前往。

他的家是一栋古老庄重的民宅，很宽敞。窗户、门都是格子式手推拉型，屋后即是海边。樱岛火山近在眼前。周围有不少住户，房屋也多为木造，可能是因为长年来火山灰浸染的缘故，房屋的颜色几乎都是黑灰色。空气中散发着一种温泉矿物质的清香气息。

这里有名的农产品是"萨摩大根"，是一种圆形的大萝卜。外形酷似中国的"盘菜"，一个有十来斤重。生吃是水果，水润又甜脆；煮食是菜肴，粉糯又软嫩；还可以做成泡菜、萝卜干、咸菜、糠渍等。

坐在谷川浩君家宽敞庄重的和式大客厅中，我将脚伸直在长条形的矮桌下，暖洋洋地吃着土特产，打量着这估计有100年历史的房子。谷川君的父亲身着黑色的和服，脚穿拇指分开的白色布袜，双手撑在大腿上，盘腿正襟地坐在我们的对面。看着他那威严的神情和那笔挺僵硬的坐姿，我感觉到如果他将头发弄成"月代"形，他就是一个活生生的"武士"。他告诉我们，他们家祖祖辈辈都生长在这里，种植蔬菜，也种植稻米。现在这里老人居多，年轻人多远离家乡安居立业。谷川浩君听说我喜爱日本邮票，特地将他珍藏了多年的一套昭和时代发行的"见返り美人"邮票送给了我。我珍藏至今。

返家时，谷川浩君说我刚来鹿儿岛，生活一定不习惯，也会有寂寞感。他问我喜欢哪位日本演员，我随口说出了山口百惠和栗原小卷。于是他选择了一些录像带让我带回家，还将他的录像放像机一同借给了我。

之后不久，我们离开了这些好朋友。两年后的一个夏天，我们收到了从鹿儿岛寄来的明信片。这是我们的一位在鹿儿岛大学留学的湖南老乡寄来的。她告诉我们，她与谷川浩君结婚了。她是谷川浩君的中文老师，在多年的相互学习交流中建立了感情。湖南才女与异国好青年喜结良缘，这让我们太高兴了。又过了一年，我们又收到了他们的年贺状，上面印上了他们宝贝儿子的照片。

祝福你们！我们共同的好朋友。异文化的交流发展为异人种的结合，又产生了异文化异人种的结果。爱情不分国界，人种不断开发，人性得到升华。这也应该是时代文明进步的必然。

三浦竹子园长先生

1990 年秋天，我家夫君兔先生还是大学院一年生。爷爷奶奶带着我们的女儿来了。中国的学校是秋季开学，他们想让自己的小孙女来日本学校上学。

我骑着自行车，带着女儿来到了东京都国立市教育委员会，申请办理入学手续。办事员看了女儿的护照后说，日本的学校是春季招生，小孩必须要在当年 4 月 1 日前满 6 周岁才有资格进入小学读书。女儿 5 月出生，只能明年入学了。

离上小学还有半年的时间，女儿刚来这里，语言不通，虽然在中国已三年幼儿园毕业了，我们想还是让她再去日本幼儿园学习半年，让她能尽早融入日本社会，也可以为上小学打下点基础。

于是我在市教委的指点下，首先在离家最近处找到了一家幼儿园。这是一家中国台湾幼儿园，多为中国台籍华侨子女，规模很小，也比较简陋。于是我再去市内另一处幼儿园。这是一所基督教幼儿园，有一定的规模，也很漂亮。园长很热情地接待了我们，并表示按优惠价欢迎我们入园。

我想让女儿进正规的普通的幼儿园。于是我又骑着自行车带着女儿从市内的西区来到了东区。我们经过国立市的一桥大学大道，来到一条小路旁，看到了学校法人五浦学园"ママの森幼儿园"的看板。我和女儿站在幼儿园的铁栅栏外，看到园内宽阔的操场，小朋友们有的在沙坑中玩，有的在荡秋千、溜滑梯，有的在爬假山，还有不少小朋友围着一只大乌龟、怀抱着小白兔在园内散步。园内还有两个小温室，植物郁郁葱葱，不少小鸟在花丛中飞舞鸣叫。女儿兴致勃勃地说这幼儿园很有味儿，想进去玩。于是我带着她推开了园门来到了教室前。正好一位身系围兜、怀抱一只可爱的小狮子狗的中老年女士从楼上下来，笑着对我们说："欢迎你们，有什么事吗？"我做了自我介绍，特意将女儿刚来日本不懂语言的情况做了重点说明。她始终微笑着听完我的话后，亲切地对我说："我就是园长，欢迎你的女儿来我的幼儿园。"并问我是从中国什么地方来的。我告诉她我们来自中国的湖南省长沙市，女儿的爸爸现在还是留学生。听到我说来自长沙市时，她的眼睛放出异常高兴的光彩，连忙接过我的话说："湖南省我知道，毛泽东的故乡。长沙市我去过，那里有一个马王堆古墓，我们去看过那位千年不朽的女尸，很稀奇。长沙市很美，很有中国文化底蕴，像日本的京都一样。"

没想到在这里能遇到这么熟知中国文化、这么热情友好的日本人。就这样，我们站在操场边谈了很久。初次见面，因我们是中国湖南长沙人，因湖南是毛泽东的故乡，使我们有了共同话题，有一种似曾相识的感觉拉近了我们之间的距离。我们谈了过去的事，从孙中山留日谈到邓小平与田中角荣的《中日和平友好条约》的缔结。她特别说到中国历史文化悠久，是日本的老前辈，中国人胸怀宽阔不计前嫌放弃了战争的赔偿感动了日本人民，等等。也谈了现在中国人与日本人的生活与习惯。园长先生随即热情地邀请我的女儿入园，并当即慷慨大方地表示免除10万日元的入园费，每月按规定交纳2万日元的授业费就可以办理入园手续了。于是我毫不犹豫地办理了入园手续。

人生有许多说不清道不明缘由的相遇。世界上的人这么多，为什么我偏偏遇见了她？中国这么大，为什么她偏偏去了长沙？日本的幼儿园这么多，为什么我偏偏选择了它。缘分，也许这就叫缘分吧！

女儿开始了快乐的幼儿园生活。每天我骑着自行车将女儿送到幼儿园后就匆匆离开。当时，我在邻近城市的一个中华料理店打工，上午10点到下午2点，然后是下午5点到晚上10点。可能是看到我每天来去匆匆辛苦疲劳的样子，一天，园长先生叫住了我，问我现在在做什么工作，还问我在中国时做过什么工作。我如实回答了我现在的工作和在中国时从事行政管理教育方面的工作多年。她让我将护照与学历证明书带来给她看看。

第二天，我顺便带了护照和大学毕业证书交给了园长先生。她很感兴趣地仔细看了后说想复印一份，然后很认真地对我说："你愿不愿意到我的幼儿园来工作？"我没有一点思想准备，一下怔住了。我知道，日本人很讲究学历和资历，特别是教师和医师，就算是专门的高等学校毕业了也要通过国家统一标准考试，合格后持有国家颁发的"免许"，才有资格从事有关方面的工作。日本幼儿园属于文部省，幼儿园教谕也和学校的教师一样要求。况且，我从未从事过幼教工作，而且自己的人生经历中也没有进入过幼儿园体验过幼儿园的生活，再加上自己来日本才一年多，还存在语言障碍。同时我也知道日本人最讲究的是"不给别人添麻烦"，我怕不适应这里的工作，会造成不好的影响，这样既影响到幼儿园的声誉又影响到中国人的形象。看到我在犹豫，园长先生鼓励我说："没关系的，幼儿园的先生们都是年轻热情的好老师，我看你也是'良い人'，你们在日本生活不容易，女儿的父亲还是留学生，你在中华料理店打工维持生活，还不惜再花钱将已经在中国幼儿园毕业了的女儿送来日本的幼儿园接受教育，说明你是一位有爱心重教育的好母亲。而且你是师范大学毕业的，来幼儿园工作比你现在的工作更合适。"

尽管如此，当时我还是没有勇气直接承诺下来。我说请给我一周的时间考虑好了再回答。

在我们的周围，有不少留学生和他们的家属。除了国费留学生以外，几乎所有的自费留学生和他们的家属，都是在打工挣钱维持学业和家庭生活。这里物价昂贵，当时外食一个普通"定食"或"弁当"就相当于国内普通人近一个月的工资，更不用说房租、学费和一些公共费用，每月都是一笔庞大的开支。如果家中有小孩，那么大人晚上就不能出去工作。而且日本的幼儿园都是下午1点退园回家，家中必须要有人接送。

园长先生的热情邀请使我很受感动。不是盛情难却，实在是一个难得的机会。初来乍到，异国他乡，能有一份安定体面的工作，还能兼顾家庭与小孩，这简直是天赐良机，机不可失。大家都这么说，于是我就这样懵懵懂懂、顺水推舟地接受了这份幼儿园的工作。

女儿来之前，我们住在一间"六叠半"的和式民居里。这是一栋二层构造的老式陈旧得有点破损的潮湿阴暗的私人出租普通民房。平时我们两人都在外学习或打工，只有深夜才回家睡觉，家中基本没有人。住房没有浴室，也没有洗漱间，更没有摆放洗衣机的位置。厕所在很小的厨房旁边，不是抽水马桶，蹲便器的下面是一个很大的坑，方便时用手将盖子拿开放置旁边，用完后再将盖子盖上。每周一次，环卫公司的工作人员来收拾处理下水道时，整栋住宅楼都充满了气味。女儿来了后，我们担心她会不小心掉下去，因此我们想换住房。于是我去"不动产屋"咨询住房。

　　租赁住房，必须签署契约书，还必须要有保证人签字担保。三浦竹子园长先生听说我在找住房，就主动找到我说，暂时不要着急，等几天再说。

　　不到一星期，园长先生在我下班后带我来到了离幼儿园很近的一栋房子前，对我说，这是她的房子，上星期刚将浴室装修好，房子虽然旧一点，但宽敞实用，你们正在找住房，不妨就住在这里。

　　这是一栋上下二层构造的典型日本式的古老庄重的建筑，高高矗立在马路边，比周围的房子要高出很多，很是很显眼。房子周围是灰色的水泥砖块垒砌的围墙，高过人头，将整栋房子团团围住，里面是私家花园。后院的一棵我不知名的大树正满开着白色的小花，花香扑鼻。树旁边有一小屋，可能是仓库。前方朝马路处的下层是车库，可容纳两台车。我们站在房屋大门前面，要踏上麻石阶梯后才能到达大门玄关。

　　我看到房子这么气派，估计房租每月不会少于20万日元。这不是我们留学生和日本的一般会社员工住得起的，于是我婉言推辞。园长先生告诉我，这房子是她一年前花1.5亿日元买下来的。因为现在的幼儿园是她父亲留下来的遗产，子女五人平分。她将姐妹三人的份额花钱买下，自己当园长，以维持父辈创业留下的幼儿园不致瓜分破产。还有一份是兄弟的份额。兄弟执意要房屋不要现金，于是她买了这栋房子想用它来抵当父亲的遗产部分，但协议未能达成，现在正在与兄弟打官司仲裁。目前正值日本泡沫经济，房价下跌厉害，卖出去的话亏本划不来，就一直空着没人住。房子是要有人住的，否则会损坏得更快。她说："现在房子空着也是空着，你们不要客气，我也不是'不动产屋'，不收房租请你们住下来。"

看着这栋房子，听着园长先生这样诚恳的说辞，这真是太感动又太有诱惑力了。这次真的是盛情难却，却又正当急时。我马上接受了园长先生的好意，并表示马上搬家。然后我郑重其事地对园长先生说："我住您的房子不付房租，那么我在您的幼儿园上班也不用付我的工资，我们相互抵消，互惠互利。"尽管我知道就算我的月薪全部付出，也抵消不了这房租的价钱，这么说只能是表示我的心意而已。

园长先生也郑重其事地对我说："上班工作不付工资，这是违反法律的事情。尽管这栋房子我还在偿还银行的贷款，但也不能采取这种不合法的手段来索取报酬，更何况你们是留学生，我们不能欺负人。"

就这样，我又恭敬不如从命地搬进了这栋住宅。搬家后的第二天，园长先生提着两大袋礼品来到了我的家门口，按照邻居的户数，带我一起去问候拜访左邻右舍。

园长先生告诉我，日本有句俗话"住めば、みやこ"，意即住在哪里，哪里就是你的故乡，要入乡随俗。同时日

本人有个习惯，即搬家前后，要去问候拜访前后左右的邻居，带上一点礼品送给邻居，以示对他人的尊重和友好。这样大家相互认识，也有利于加快今后的交流和往来。我真的很惭愧，无料（免费）住进了别人的房子，还让别人帮我买礼物替我们去拜访邻居，自己是多么地无知，简直是无地自容。我想我得赶快好好地学习怎样接人待物，学习社交礼仪，尽快融入这个社会，努力做一个体面的人。

园长先生为我准备的送给邻居的礼物好像是洋果子点心之类的，包装得很漂亮，共有三份。我提着这些有点沉的包裹，跟着园长先生去拜访了靠近我们住房里面的两家和对面的一家。我们没有进邻居的家门，都是站在门外互相见面简单介绍了家庭成员后就匆匆离开。日本人好像没有请外人进屋的习惯，我经常看到不少主妇都是站在家门前说话聊天，有的还聊得很投入，时间也不短。但大家都不轻易地进入别人的家门。

第二天，隔壁邻居冈崎奥样来到了我的住家门前。她主动回访并详细介绍了自己家庭的情况。她家御主人在东芝公司工作，两个儿子都是大学生。战争年代她的父母去了中国，她出生在中国大连，战败后返回了日本。她结婚后至今是家庭主妇。看上去她是位热情和蔼的主妇，对我们的到来很是欢喜。同时她问我，有没有征订报刊，因为日本人几乎每家每户都有订阅新闻报刊的习惯。我说还没有预订。她告诉我，她家订有报刊，每天早上很早就看完了。如果不介意的话，她可以每天将报刊放入我家的邮箱里，这样我们就可以不再重复去订阅了。看完后不要归还，集中捆好后归类放在收垃圾处，市政府会在规定的时间内作为资源垃圾收集处理的。

多么亲切友好、善解人意的邻居。我的运气真好，处处遇到的都是热心肠的好人。

之后我们与街坊邻居成了好朋友。有时我因事晚点回家，看到我的女儿在外面等，她就将我女儿接到自己家中，煮面条、做布丁果子给她吃。一次，冈崎夫人问我需不需要橱柜家具，带我去她家看她家多余的东西，任我选择搬回家用。她让自己的儿子帮忙，将一个橱柜和一架大型电子琴搬到了我们家。她告诉我说，这架电子琴是她的两个儿子小时候学音乐时购买的，已有10多年的历史了。我看到电子琴的形状和键盘的构造与普通的钢琴一样，音色与钢琴也很相近，是木质构造的颜色，呈棕红色，摆在家中的客厅里很是气派，还有一张木质的配套的高脚座椅。在中国时，女儿2岁时家里有一个日本雅马哈电子琴，是她叔叔专门从日本带回来送给她的。那时候我们也没有送她去专门学习音乐，只是让她自己在家里自由玩弄。今天从邻居阿姨家搬回来了这么一架大大的像钢琴一样的电子琴，她好兴奋，马上揭开琴盖，迅速坐在高脚座椅上，脚踩不到下面的音乐踏板，就干脆双腿跪在高脚座椅上，双手在双层键盘上自由移动，演奏出属于她自己的音乐。从那时开始，我们将女儿送到雅马哈音乐教室学习弹琴，回家后练习时就是用的这架电子琴。后来我们搬家时又将它搬到我们的新家继续使用，一直到女儿小学毕业时我们为她买了新琴后才将它让给了我们的日本新邻居。

国立市位于东京都多摩地域，环境幽静，人文教育历史背景丰富多彩，从 20 世纪 50 年代开始，就是日本国家指定的文化教育地区。这里有著名的国立一桥大学、日本放送协会学园高等学校和国立音乐大学、东京女子体育大学等。日本有不少知名的政治家、作家和艺术、体育界人士住在这里。20 世纪 80 年代风靡日本和中国的女优歌手山口百惠结婚退出娱乐圈后就长期隐居于此地至今。

托幼儿园三浦竹子园长先生的福，我们也住进了位于东京都国立市的"豪宅"。在别人的眼中我们是"大户人家"。当时还是留学生的我们一家人，在这异国他乡，享受着这种不合身份的待遇。

日本社会有许多我在国内没经历过的名目繁多的选举。多党派民主执政的社会结构，各党派为掌握政权，经常在各处设立事务所，以保持与地方政府和住民的联系。每到选举的时候，各党派代表开动宣传车大街小巷地串联，宣传车上挂满本人的肖像宣传画，醒目地写上名字。利用扩音喇叭，声嘶力竭地叫喊，还步行来到路边，主动与行人握手问候。他们以这样的方式来宣传自己的政治主张，引起选民的关注。满 20 周岁的日本公民有选举权和被选举权，可以参加投票选举和竞选活动。

作为留学生的我们，在这里是没有选举权和被选举权的。平时外出时，在街头巷尾看到竞选演讲，一般是匆匆而过。有时遇到在电视里经常出现的有名的人物，也会停下脚步，听听他们的说辞。以前我们住在普通的民房，从来没有接到过类似选举活动的劝诱电话或来访。这次搬家以后，一天我在家，门铃响了，应声打开门，一位身材高大、西装笔挺的中年男子，手里拿着一张名片，端端正正地站在门外。我似曾相识，又想不起是谁。他毕恭毕敬地对我行了一个90度的鞠躬礼，然后双手捧着名片递给我，自我介绍后反复地说"どうぞ宜しくお願いします"（请多关照）。原来是来进行选举宣传扩大影响的活动人物。之后还不时有各党派和无党派人士，上至国家政府级的大选举，下至地方街道町的小选举都时有遇到。

日本有很多规模大小不一的保险公司。我们住家的附近就是朝日生命保险公司的职工住宅。各家保险公司的外交工作人员，工作都十分尽力，活动能力相当强。日本有名目繁多的各种保险。如个人生命保险、个人财产保险、地震火灾保险、交通安全保险、医疗保险、癌症保险、失业保险、年金保险等，保险外交人员可以反复跟着你，说服你加入他们的保险。他们捧着鲜花，带着礼品，驻足于我住的家门前，热情耐心地讲解，不厌其烦地劝说我们选择加入他们的各种保险。

日本的一些医药公司，工作服务到家上门。一天，我在家门口收到了一大箱日常生活常备药品。工作人员热情地说："这些药品免费置放于你家中，以备急用。如果没有使用的话是不收取任何费用的。"医药公司人员半年来一次，检查药品的使用期限，到时弃旧补充新的药品，如果有利用的话，只收取使用过的药费金额，没有任何手续费和寄存费。

日本的"农业生活合作协会"也登门造访，宣传推销高品质无污染的农副产品。还无料送来试供品（试用品），组织住户去农场和加工厂参观体验。

基督教的信徒们，也经常登门造访，送上精美的小册子让你学习《圣经》，邀请你参加他们的集会和传教活动。更有甚者，会进行有名的墓地墓碑的宣传推销。可能是日本人不忌讳生前谈死的后事。经常会有人给你打电话或将宣传广告纸放在家庭邮箱中，告诉你在你家附近，新建了一块的好墓场，劝说你抓住机会从速购买。

对于这些我们认为不合我们留学生身份的出乎意料的好意行为，我们也就顺其自然，入乡随俗地接受了。

1990年，是我女儿来日本后的第一个新年，也是她即将年满7周岁，离开幼儿园进入小学读书的第一年。按照日本人的习惯，男孩5岁、女孩3岁和7岁的时候，要穿上漂亮的和服去神社参拜，祈求诸神保佑小孩一生平安。这一习惯已成为日本的年中行事，在每年的11月定期举行，称为"七五三"。

在"七五三"这一天，父母要为孩子穿上传统的服装去神社参拜。在家吃"红豆饭"，"千岁饴"是必不可少的吉祥食品。"千岁饴"即棒棒糖，长 30 厘米左右，染成红色和白色，二支一套，装在印有鹤龟等象征长寿吉祥图案的纸袋内。红色和白色被日本人视为吉祥颜色，饴糖有韧性，可拉长，有"延年益寿"之意。

在"七五三"的前几天，住在横滨的朋友金谷先生早早地为我们送来了"七五三"的和服。这是他女儿以前穿过的"七五三"服装，非常漂亮，特地借给我们用。一般的日本家庭，像这样的礼服之类具有纪念意义的服装，都是代代相传或去礼服专门店租借。穿这样的礼服也非常有讲究，一般人都不会穿，我可以说是一窍不通。于是我骑着自行车，带上女儿和和服，来到国立市公民馆。这里今天安排了和服教室，有专门的先生无偿服务于我们这些外国人。

公民馆的和服着物先生帮我女儿穿好和服后，妆容发型也有讲究。我又带着女儿去了附近的一家美容院，花了5000 日元，给女儿化了妆，做好了头结。

领着女儿，我们来到了国立市谷保"天满神宫"。这是这里有名的神社，据说是学问高超的神灵。平日来这里求学升学的不少，神社内的树上墙上挂满了各种祈求的纸条和木马。我们来到时已挤满了穿着各式漂亮和服的大人小孩，热闹非凡。

讲究仪式的家长们，首先领着小孩进入神宫正堂，花钱买上"札"，请神主念经。神主拿着像鸡毛帚似的树枝在小孩头上左右摇晃，口中念念有词。

我牵着女儿的手，按照日本朋友告诉我的一般方法，入乡随俗地进入了"七五三"仪式。

我们首先走到神社入口处的"手水舍"前，用供奉的神宫水先将双手洗干净。然后来到拜殿堂前鞠躬。之后缓缓地登上拜殿的台阶，向"赛钱箱"中轻轻放入五円（日元单位）硬币。"五円"的日语发音与"有缘"很相近，而且五円的硬币中间有孔，故一般日本人取其"有缘相通"的美好含义而投币五円作为"赛钱"。一般的拜殿前都挂有铃铛，奉完"赛钱"后，我们退后一步，拉着挂铃铛的绳索摇一两下，发出声音，以告诉诸神我们来了，然后朝着拜殿内再深深地鞠两下躬，两手合掌举至胸口前，然后再将双手张开与肩膀同宽拍手两下。拍完手后再合掌低头祈愿。这时候要记住，不要先许愿。首先要诚心地感谢诸位神仙的关怀照顾，然后再在心中默念今后的愿望。最后，放下双手垂直于身体两侧，向神明再次深深地鞠躬一次后，倒退着离开拜殿不远后再转身离去。

离开神社后，我带着女儿径直来到了幼儿园，想让先生们看看女儿的"七五三"身姿。

先生们兴高采烈地围着女儿看。女儿也异常高兴地与先生们照相留影。这时三浦竹子园长先生也满面笑容地来到了我们的面前，亲切地对我说，"七五三"对一个孩子来说，是她一生中成长的见证，也是她一生中值得永远纪念的日子，要摄影留念。她亲自带着我们，来到附近的一家摄影馆，付款办理了手续后，让摄影师帮我们制作了两套"七五三"纪念影相册，一套送给了我们，另一套寄给了当时住在湖南长沙市社会福利院的女儿的爷爷奶奶家。

至今这两套相册还珍藏在我们家中。看到女儿纯真可爱的异国"七五三"影像，想到给女儿的童年带来欢乐美好回忆的"ママの森幼儿园"，回想三浦竹子园长先生和幼儿园的先生们对我们的无私关爱，心中充满了无限感激之情。

三浦竹子园长先生还是我侄儿的来日本留学的经济保证人。1991年，毕业于湖南长沙市内一所大专院校的我哥哥的儿子想来日本留学。当时我们还是自费留学生，自然没有资格当他的经济保证人。为此我请三浦竹子园长先生来当他的经济保证人，先生很爽快地答应了。她将自己的年收入证明书等资料准备好给我们让我们去办申请手续，没想到日本外务省竟没有批准下来。原因是她的年收入标准没有达到具备当留学生经济保证人的标准。当时我也大吃一惊，没想到这么一位堂堂有名的私立幼儿园的园长先生的经济收入竟这么低，与一般的幼儿园的先生差不多。当时我想她完全有权力将自己的工资标准定高点，可她为什么不这样做？后来我问她，她说幼儿园的经济效益本来就不高，如果自己多拿点，就更加减少了幼儿园的收入，这样就要压缩幼儿园教育经费的开支，还要减少教师的名额等来节省开支，所以只能自己少拿点来保持幼儿园这个大局，维持幼儿园的现状。为了帮助我侄儿实现来日留学的愿望，园长先生不辞辛劳，又一次奔走于市政府及教育委员会等机构，重新准备申报经济保证人的资料。这次她将其丈夫的收入和她自己名下的幼儿园固定资产的价值一起上报，很快就获得了批准，成了我侄儿的经济保证人。后来，侄儿通过日语学校学习后，顺利通过考试进入了日本国立千叶大学学习。她非常高兴，多次在幼儿园内开会时告诉老师和家长们，称赞中国人了不起，勤奋好学，告诫日本年轻人要努力加油。同时她还特意给侄儿寄去了祝贺信和祝贺金。

1998年，侄儿即将大学院毕业。他将父母接来日本短期滞留。三浦竹子园长先生非常高兴，热情地接他们到自己家中做客，邀请他们出席三浦小平二先生的"人间国宝认定纪念展览会"，还专门准备了礼物馈赠他们。

三浦竹子园长先生与我们非亲非故，却像亲人一样地关怀照顾我们。离开幼儿园后，为了表达我们的感激之情，有时我们会给她寄去一点点礼品，如中国的茶叶和汉方养生保健食品等，她都很高兴地接受并给我们回礼，并在电话中关心地询问我的女儿和侄儿的情况。中国有一句古语是"滴水之恩当涌泉相报",至今我仍觉得我们欠了园长先生很多很多的情,这种情意是放在心中的一生牵挂,是不可能用物质回报代替的人情。

2015年年底,我去幼儿园拜访。三浦竹子园长先生已年近90岁,至今仍是"ママの森幼儿园"的园长。随着日本社会的"少子化"影响,儿童减少,不少幼儿设施难以维持经营而撤退。多年来,园长先生倾其家财,维持幼儿园的经营方针不变。她与自家的兄弟打官司,也是为了不瓜分幼儿园房屋,要继承父辈遗产,将幼儿教育发展光大。

园长先生在她65周岁进入日本老龄人行列的时候,就通过法院立下了遗嘱,要将她的所有财产,包括幼儿园捐献给国家,条件是幼儿园必须是幼儿园,不能改作他用。

三浦竹子园长先生是一位热情慈爱的女性,是日本幼儿教育界的女强人。

三浦小平二先生

三浦小平二先生是日本东京艺术大学美术学部教授,日本青瓷巨匠,日本重要无形文化财保持者("人间国宝")。他是三浦竹子园长先生的御主人。

1990年底，我们住进了三浦先生在东京都国立市拥有的住宅，并结识了先生。

　　每天，先生除了去东京都内的大学授课以外，就是在自宅幼儿园的顶层陶瓷窑房中研制青瓷作品，有时也会到幼儿园来，看看小朋友们的学习活动情况。听说三浦先生在上大学还是学生的时候就兼职幼儿园的美术老师。现在他还兼任"学校法人五浦学园'ママの森幼儿园'的理事长"。大家都称呼他为"小平二先生"。

　　每次见到小平二先生，他总是满面笑容，穿着便装，衣服上还沾染着不少花花点点油渍的痕迹，有时还系着围兜。幼儿园的小朋友们见到他，都活蹦乱跳地围着他转，口中高叫着"小平二先生"。这时候，他总是笑着说："你们叫我先生，我跟你们一样系着围兜，我是一个玩泥巴的大人。"

　　幼儿园三楼的顶层，是小平二先生的工作室。有一个很大的烧窑工房。先生几乎每天都在这里自己点火烧窑，揉泥捏土，作画写字，研制陶器。与他一起工作的还有一位30来岁的男子，是先生雇用的帮手，大家称他为"横田先生"。夫人三浦竹子先生也协助他的工作，帮他点火烧窑、准备材料等。陪伴他的还有一只可爱的小狗狗，它的名字叫"青瓷"，是它的主人三浦小平二先生的宠物，先生给它取这样的名字，足见他对陶瓷作品"青瓷"的厚爱和执着。

1990 年 11 月，小平二先生的青瓷作品在日本桥三越百货店举办展览会。我女儿的爷爷奶奶和我们一起应邀前去参观。

日本桥三越百货店，是日本最具历史传统最高级的老铺店。六楼是美术画廊，展示的是日本各大流派领域工艺匠人们的艺术作品。刚来日本不久的我们能受邀走进这座艺术殿堂，感到十分荣幸和新奇。

画廊展示的作品，有小平二先生于 1976 年获"日本传统工艺展文部大臣赏"的陶瓷作品和 1977 年获"日本陶瓷协会赏"的作品等。还有不少小平二先生的工笔画作品。整个画展作品典雅精美，琳琅满目，使我们大开眼界。

三浦小平二先生西装革履、容光焕发、满面笑容地接待了我们。参观画廊的人络绎不绝。我们感慨地说，平时与小平二先生接触，感觉到他衣着朴素，言谈朴实，十分平易近人，没想到他是这么一位"偉い人"。

参观完展览分别时，小平二先生及夫人还与我们全家合影留念。

据东京艺术大学的有关资料记载，三浦小平二先生出生于日本新潟县佐渡岛。他家是为陶瓷世家。在家乡高中毕业后，只身一人来到东京求学。当时东京艺术大学没有陶艺科，他就进入了雕刻科学习。在学生时代，他一边在自己先生的研究室学习，一边与几位友人一道创立了一个"陶瓷器研究会"，并在学校内用古红砖瓦创建了本校第一个制作陶瓷器的"窑"，开创了东京艺术大学陶艺科的历史，是名副其实的东京艺术大学工艺科陶艺讲座的开山鼻祖。

刚开始，小平二先生潜心研究自己家乡的传统陶瓷工艺"无名异烧"，并将其发扬光大，取得了前所未有的成果，多次获得大奖。但他并不满足于家乡的传统工艺和陶瓷作品。中国的宋代官窑出品的青瓷工艺品，在日本人的眼中被视为艺术神品。他十分崇拜中国宋代时期的官窑青瓷艺术。1972年，先生在潜心研究青瓷的土质和工艺的基础上，来到中国台湾的"故宫"参观学习，发现了自己研究开发的釉药竟与中国古代宋朝的官窑青瓷如出一辙，而且还发现，中国宋代官窑青瓷所使用的泥土的土质，竟与自己故乡新潟县佐渡岛的无名异烧陶瓷的土质完全一样。这个发现，正如先生自己在演讲《青瓷と私》中所表述的一样，"令他异常兴奋"。于是他全力以赴潜心研究中国宋代官窑青瓷30多年。从1976年开始，先生又将传统青瓷工艺与现代自然景致融合，开辟了青瓷新的表现手法。他走出日本，足迹遍及中国、阿富汗、印度、黎巴嫩、尼泊尔等东洋、中近东和非洲国家，取材于世界各国的自然风景。中国的湖南长沙、广西桂林、福建土楼和北京的万里长城、新疆的丝绸之路等都留有他的足迹。先生以青瓷来表现宇宙、天空、大自然，将人物、动物和植物用自然色彩描绘融合于青瓷作品之中。他的青瓷器作品上，画有中国《西游记》

中的火焰山与孙悟空，有中国桂林山水甲天下，还有中国福建土楼牛舍等。正如先生在 1999 年东京艺术大学举办的"三浦小平二展"的讲演中所说，以雕刻的手法将青瓷与绘画相调和，展示现代青瓷的艺术美是他青瓷作品的特征和追求。

三浦小平二先生的青瓷展览会不但多次在日本举行，而且在法国巴黎、美国纽约等国家和地区也多次展出。先生的作品被收藏于日本文化厅、东京国立近代美术馆、东京艺术大学等。曾经有一次，我们参观完展览会后，在交谈中我向先生提议去中国举办个人展览会，当时先生谦逊地笑着对我说："中国是我们的大前辈，我怎能去班门弄斧？"

1991 年，我撰写的《日本的青瓷巨匠——三浦小平二先生》被发表在中国的《人民日报》海外版上。先生看了以后很高兴，特意向我要回了报纸原版拿回家里进行了保存收藏。

2006 年 10 月，70 多岁的三浦小平二先生在东京都国立市家中逝世。我和女儿应邀参加了在东京举行的隆重的追悼仪式。2013 年夏天，我和夫君一道去拜访了先生的故乡日本新潟县佐渡岛。岛上有三浦小平二先生的小小的美术馆和古老的陶艺工坊，至今还在制作陶瓷工艺品。

我们从东京出发，乘新干线 2 小时 10 分钟，到达新潟县。然后乘快艇约 2 小时渡过日本海到达佐渡岛。佐渡岛也是一个日本有名的旅游胜地。岛上自然风景非常美丽。特别是佐渡岛上有一个"佐渡金山"，在日本的历史上很有名，当时正在申报世界遗产。此外，20多年前，佐渡岛就与中国有过不少技术文化交流，至今岛上有不少鸟类栖息，其中一种叫朱鹮的鸟，就是从中国转送过来的，在这里已经繁衍生息了几十年，也见证着中日友好的交流历史。所有这些，在日本的学生教科书中均有记载。

代表日本与中国签署了和平友好条约的日本前首相田中角荣先生的故乡也是在新潟县。我们在拜访了三浦小平二先生的故居后，又专程去新潟县长冈市参观了田中角荣纪念馆。当我们远道而来匆匆赶到纪念馆时，已接近闭馆的时间。工作人员听说我们是来自毛泽东故乡的中国人后，非常惊喜地拿出毛笔和签到本，久久地凝视着我们在签到本上写上的中国湖南人的签名，连声说："珍贵！珍贵！"纪念馆中展出了许多当时中日恢复邦交的资料，还有毛泽东主席、周恩来总理与田中角荣先生的照片和毛泽东主席送给田中角荣先生的礼物等。在田中角荣纪念馆的旁边，还有一座名为西游园的中国式庭园，是由日中友好人士捐助、中国建筑师设计建造的。

从中国古代的传统青瓷艺术，到日本"人间国宝"三浦小平二先生的现代青瓷作品，又从中国的毛泽东主席到日本的田中角荣首相，我看到的是不同朝代、不同国家，尽管有着不同的政治制度和不同的民族习俗，但都有着相互连接不可割断的文化和历史。中国和日本无论是在国土上还是在文化上是这样的相近，真的应该是一衣带水的友好邻邦。

坂本正次先生

坂本正次先生是我从东京都国立市搬家到千叶县袖浦市时结识的第一位日本朋友。

日本各地市区村等都设有公民馆。公民馆是当地住民们自由活动自由出入的地方。根据住民们的要求，可设立各种类型的体育、文化、生活方面的学习班或讲座等，自由报名，无料参加。也有一些有料（收费）的科目，可利用公民馆的场地，收取很便宜的费用选择参加。同时公民也可以在这里开办自己想开设的一些科目活动，如书法教室、裁缝教室、插花教室和一些体育健身教室等。目的是结交朋友，友好交流，而不是一种盈利行为。

在东京都国立市住了近五年的我，又来到了一个陌生偏远的地方。我知道对于我这样一位外国人来说，初来乍到，举目无亲，自己不主动地走出去寻找机会，是很难融入周围环境的。于是我来到了公民馆，先将自己的情况写好，递交给了公民馆的窗口接待处，然后在公民馆的有关公开活动介绍栏中将自己登记注册了上去，比如说，"自己的得意语言是中国语""会做中国家庭料理""喜欢的体育运动是打乒乓球、游泳"等，从而结识兴趣相投的人。

那天我在公民馆得知这里有一个"中国语学习会"，代表者是坂本正次先生，并获得了他的电话号码。回家后我马上跟他电话联系，约好了在公民馆会面的时间。

坂本先生是千叶县木更津市一所高等学校的国文教师。50多岁，高高的个子，头上戴着一顶灰色的礼帽，脸上显露着有点严肃又有点和蔼的笑容。多年前，他在公民馆发起组织了一个"中国语学习会"，参加学习的多为学校教员、公司职员和家庭主妇等，共20多人。他亲任中国语讲师，还经常邀请日本国立千叶大学的中国留学生与大家一起进行学习交流。每周六的上午，大家聚会在公民馆学习。

初次见面时，坂本先生用中国语与我交流。他那准确的发音、流利的普通话令我惊讶。他告诉我，从上大学起他就开始学习中国语，他特别喜欢和敬仰中国文化。我看到他每次外出旅游或学习，总是挎着一个大书包，里面沉甸甸的全是中国语词典和学习用具。在后来的交往中，我深切地感受到，坂本先生学习中国语不光是一般的兴趣爱好所致，他将学习中国语作为职业生涯的知识积累。他真心实意地结交中国朋友，进而增进日中民间友好交流。在不断的学习中，他结交中国朋友，又尽自己的能力帮助和关心在日本的中国人。

1995 年前后，日本 NHK 电视台在黄金时段播放了一部长篇电视连续剧《大地の子》。剧中真实地反映了在中日战争后，中国人民以仁慈宽阔的胸怀收养日本孤儿，将其养大成人后又不计前嫌地送还日本的故事。剧情很感人。坂本先生在其中国朋友的帮助下，邀请到了当时扮演中国养父母的演员朱旭先生和吕中女士，来到了日本举行座谈会，与"中国语学习会"的成员们一起会谈交流，让更多的人了解战争给人们带来的灾难，表达日本人民对中国人民的感恩之心。

　　每年 11 月 3 日，是日本国民的"文化の日"。这一天全国放假休息，各地都开展丰富多彩的文化表演活动。各类民间文化团体纷纷集会，在各地的教育会馆、文化体育中心和公民馆及公共场所展示各自的学习成果。有诗歌朗诵会、绘画书法展示、民歌民谣民族舞蹈表演等。在日本的外国人也参与交流，纷纷展示代表本国特色的节目。坂本先生每年都以"中国语学习会"的身份参加"文化の日"的活动。他组织日本学员和中国留学生及家属们集体参加，唱中国歌，做中国水饺和馅饼，煮八宝粥等展示中国饮食文化。有一年他组织"中国语学习会"的成员在"文化祭"活动中唱中国歌，他们唱的那首歌竟然是"东方红，太阳升，中国出了个毛泽东"，令我们参加活动的中国人既惊讶又深受感动。

　　坂本先生对中国留学生的爱护关怀真可以说是无微不

至。他本人是一位中国留学生的"身元保证人"。家中的书籍、课本、教学道具及家中不用的生活用品和朋友家的多余的家用电器、家具等，他都收集起来，自己驾车与他的夫人和枝女士一起送到留学生的家中。中国人遇到什么困难事，他总是毫不推辞，热情相助。

有一天，我接到坂本先生的电话，说是遇到了一位中国女性找他帮助。那位女性不会说日语，而她说的中国话他也有很多听不明白。于是他请我与他一起去见见这位中国女性。

我们约好在市内的一个喫茶店（茶室）会面。我去时，坂本先生和一位女性已在场。那位女性长得年轻漂亮，个子高挑，20多岁。经交谈后，我了解到，这位女性半年前在中国国内通过介绍与一位日本男性相识。她出生于中国南方的某县镇，为了能来日本，她在国内私人手中借款几十万元办理了结婚手续和护照及签证，并拿出了一张字条给我看，上面写着借钱的字据。来日本后因语言不通，日本丈夫只准许她待在家中。她每天在家闲着无事，国内的欠债在不断催还。她想说服日本丈夫让她外出工作，去离家很远的东京新宿的熟人处打工赚钱还债，并保证每周回家一天照顾家庭。因语言不通，无法与其丈夫沟通，想请坂本先生去她家帮她说服她丈夫同意她走出家门，外出工作。

在那段时期，日本的电视中经常报道一些发展中国家的人为了能来日本务工进行"密渡密航"的消息。还有一些外国女性为了能来日本，利用婚姻做媒介。有的女性与日本男人结婚不久后便在日本失踪。有的拿到结婚证乘上了飞机，下飞机后就"行踪不明"。当时日本社会有一句流行语叫"成田离婚"。"成田"指的是日本的成田国际机场，位于千叶县成田市。"成田离婚"就是指一些外国女性以结婚的名义来到日本，在一到达日本的成田机场后就撕毁婚约，不与日本男性回家。有的干脆不辞而别，去向不明。媒体称其为"成田离婚"。

听了这位女性的说明后，坂本先生耐心地说服这位女性，最后明确地对她说，结婚是一种法律行为，受法律的保护。做日本人的妻子与做中国人的妻子一样，要遵纪守法。希望她先好好地学习日语，暂时不要急着去找工作，劝导她要入乡随俗做一位日本人的好妻子。

1995年，我回国探亲。临行前我打电话告诉坂本先生，并说在我回国探亲期间欢迎他到中国的长沙来。没想到我刚到家不久，就接到了坂本先生的电话，告诉我他与夫人准备到长沙来，已经到了中国广州，买好了广州至长沙的火车票，第二天他们将第一次乘坐中国的火车到达长沙。

8月，长沙的夏天是烈日炎炎。在长沙火车站，我们接到了拖着两个大旅行箱、热得浑身是汗的坂本夫妇。见面时他们兴奋地说出的第一句话是："真高兴，没想到能踏上毛泽东的故土，感到幸福光荣！我的朋友中有许多人到过中国，但是还没有一个人到过毛泽东的故乡，我是第一个，真是高兴和自豪！"

在长沙期间，我们一起游览了岳麓山、麓山书院、橘子洲头、还去了湖南省博物馆、毛泽东故居韶山、滴水洞等地。每到一处，他们都会兴致勃勃地摄影留念。在去省博物馆马王堆古汉墓参观时，我与他们买了同样的门票。在入口处，坂本先生夫妇被拦在门外。工作人员认出他们不是中国人，让补买外国人门票。他笑着惊讶地对我说："我根本没有张口说话，他们就知道我不是中国人。看来想当一个中国人还真的不容易，还得加油再加油，学习再学习。"

坂本先生热爱中国文化，他将学习和掌握好中国语作为一种传播中日文化、促进中日民间友好交流的一种手段。每年他都要参加在日本举办的"中国语能力测试"，他从最初级开始报名参加，一级一级地往上升。参加最高级的考试时落榜了，来年他又重复参加考试，直到合格为止。他运用掌握的中国语，多次参加各种民间团体在日本举行的"中国语辩论会"，曾六次获奖。在庆祝中华人民共和国成立50周年之际，坂本先生撰文发表在日本的中文报刊上，题名为《血脉和文化的故乡》。文中写道："虽说我是个土生土长的日本人，但是我相信在我身上流动着的血液里，一定还残留着来自中国的祖先们对故土的思念。我那生生不息的血脉之源留在那古老的中国大陆。我认为日本文化的源头理所当然要追溯到中国。平安时代的文学、镰仓时代的佛教、江户时代的汉学无一不深受中国大陆文化的影响。还有自明治时代以来，西洋文化的传播，要是没有中国大陆文化作为培养土壤的话，也不会发芽生长。'中国也是我们日本人的故乡'这个观念，我每到中国一次就会深化一次……今年是《日中和平条约》缔结20周年，去中国的日本人也在连年增加。但遗憾的是并不是所有日本人都珍惜这来之不易的和平与友好……我想日中两国要实现真正的友好，首先要从改变想法开始。所以我要再次向所有日本人呼吁：'中国就是我们日本人血脉和文化的故乡。对中国，日本要做的是反思和回报。'"

从长沙回日本后，每次见到坂本先生，他总是与我提起在长沙的事。特别使他感到兴奋的是在参观韶山毛泽东故居时，工作人员特别允许他坐在毛泽东青年时代时使用过的桌椅前拍了纪念照。他还经常拿出照片给"中国语学习会"的学员们介绍。每当看到报道中国的大事情，他总是打电话与我交流。比如，四川汶川特大地震、云南大地震时，他向我们表示深切的关注，还组织参加募捐善款活动等。1997年前后，湖南遭受严重的洪水灾害，坂本先生从电视中得知后，以个人名义寄来日元救济灾民以表爱心。湖南省民政局还给他颁发了荣誉证书。他对我说，我不是"大金持"（大富豪），但我喜欢中国文化，尊敬中国人民，愿意做中国人的好朋友。寄来的一点点钱，只是表达我对中国人民的一点点心意。

可以说坂本正次先生是一位热爱中国文化、热爱中国人民的友善民间使者，是我们的好朋友、好老师。

小岛和子女士

小岛和子女士，我认识她时她已是 75 岁的阿婆。那一天我在体育运动中心游泳，看到一位阿婆在游泳池中来回步行了近一个小时。时值冬天，虽然是室内温水游泳池，我还是感觉到身体一阵阵发冷。我走出游泳池，来到旁边的一个热水池中将身子浸泡在热水中取暖休息。

阿婆也走出了游泳池，一跛一跛地来到了热水池边，抓住护手栏杆，小心翼翼地挪到池中。我赶忙挪动位置，将有冲击波按摩腰部的冲浪口位置让给了她。她连声道谢，并不停地用手搓揉腹部，做了自我介绍。她就是小岛和子女士。后来我们称呼她为"和ちゃん"（日语的爱称）。

我见她在热水中不停地搓揉腹部，便问她是不是肚子不舒服，要不要一起去更衣室换衣回家。她的回答让我大吃一惊。

原来三个月前，她在医院做了大肠癌的切除手术，接受了化疗，在家休养。这段时间内，体重增加了，压迫膝盖痛，走路不方便。医生推荐她适当运动减少体重增强体质。经朋友介绍，她来到了这里，每周三到四次，每次一小时坚持到游泳池中进行水中行走，想通过运动恢复体力，尽早上班工作。

我看她这么大的年纪了，大病初愈还要准备尽快工作，就问她是做什么工作的。她告诉我，她是附近一个中华料理店的"妈妈样"（"樣"日文中的敬语）。店名叫"哈尔滨"，是她和儿子两人共同经营的，她既是店主，又是厨师。平时她做料理，儿子负责招待客人和送外卖。在她生病住院期间，儿子一人忙不过来，花钱雇用了一个人帮忙，这样就增加了开支。她想尽快恢复身体再去工作，并说欢迎我带朋友一起去她的店内吃饭。就这样我们成了熟人，后来我与朋友一道去她的店吃饭，我们也有时约会去居酒屋喝酒，很快我们就成了朋友。

一次我好奇地问她，"哈尔滨"中华料理店是一个小到只能容纳 10 位客人的有点简陋的不显眼的店，为什么取名叫"哈尔滨"，因为中国的哈尔滨是一个非常美丽的大都市吗？她是不是去过哈尔滨？

她给我讲了一段辛酸的往事。和子出生在日本东北地区的偏远农村，世代务农。家中兄弟九人，生活十分艰苦。中日战争时，她十多岁，父母包办将她许配给家乡的一位农家。在成家之前男方应征入伍被派遣到中国的哈尔滨，不到一年战死未归。之后，她只身一人离家出走，来到东京谋生闯路，吃尽了人间的苦头，她说她就是日本的"阿信"。

和子笃信，男人是会保护女人的。50 年前，一次偶然的机会，她租了一个店铺做门面，决定自己开一家中华饭店谋生。在这里，一般的店铺都是男人或夫妇经营的。她没有了男人，她的男人永远留在了中国的哈尔滨。于是她决定将这家中华料理店取名为"哈尔滨"。她没有钱交不起房租，就商量好按日交租金，每天从营业额中拿出100日元作为租金。开店初期，正值中日战争结束，战败后大量日本人从中国归来，中华料理既流行又经济实惠，她的"哈尔滨"就一直陪伴着她走到了今天。

和子除了会做中华料理以外，她的最大爱好一是喝酒，二是玩"柏青哥"，又称"扒金库"。刚开始与她一起喝酒时，我简直瞠目结舌。大杯的生啤一饮而尽，连饮不断。日本冷酒也好，"热燗"（烫热了的酒）也罢，一瓶接一瓶，痛快豪爽，不输男人。她还喜欢为大家埋单，即使是AA制，她也出多数，我们称她为"女中豪杰"，都甘拜下风。

"柏青哥"是日本很流行的一种赌博性质的弹子游戏，到处都有。我从来没有接触过。听说多为在日韩国人经营，盈利极高，与日本黑社会暴力团体有关联。日本人不分男女老少，茶余饭后不少人会流连于此地。特别是不少年老退休者和家庭主妇，陷入其中不可自拔造成家庭纠纷的也大有人在。电视中曾报道，大热天，主妇将小孩置于自家汽车中睡觉，自己去玩"柏青哥"忘记了时间，结果小孩在车中被闷死。

听和子说，她喜欢去"柏青哥"店玩弹子游戏最大的原因，是喜欢听铁弹子从机器中滚出来时"哗——哗——哗——"的响声，似财源滚滚而来，非常享受。当她投进去 1 万日元，随着手的操作，机器屏幕上出现"777"三位数并列时，就是她中奖了。1 万日元买的铁弹子有时可以变成几万日元甚至 10 万日元。但我经常听到的是她说今天运气不好，花光了所带的钱才扫兴而归，平均一个月她要花 10 多万日元在"柏青哥"上，而且她的儿子也是"柏青哥"的爱好者。

和子苦心经营"哈尔滨"中华料理店 50 年来赚了不少钱。几年前，她丈夫去世了。她用积蓄买了一幢公寓，经营不动产房屋出租。她 77 岁生日时，请客吃饭。在日本"天妇罗"料理店，我见到了她的儿子和儿子的朋友，是两位长得白白净净的文雅男性，动作和说话都带有"娘娘腔"。

和子在 30 多岁时与一家境殷实的男子结了婚但未生子。因为这个原因，和子受到了婆家不少不公平的待遇。后来她又遭受了丈夫的出轨。尽管如此，和子依旧忍气吞声对家庭不离不弃，始终靠自己的辛勤劳动经营"哈尔滨"料理店来养家糊口。和子现在的这个儿子是养子，已年过四十岁，还未成婚。现在和子是有钱又有房，儿子不结婚她很着急，曾多次跟我说请我帮她儿子介绍对象，并且特别强调，中国女性也行，只要能干，能帮她一起经营好"哈尔滨"料理店，她就能安心。我隐约听人说和子的儿子是同性恋，和同性同居。而且每年她儿子都要携款百万日元与同伴一起去泰国等地聚会游玩，因此我也不敢贸然给他介绍对象。

20世纪90年代中期，日本东京发生了震惊世界的"奥姆真理教"地铁内投放"沙林"毒气无差别杀人事件。"奥姆真理教"是20世纪80年代创立的一个融合了瑜伽、佛教和基督教因素的日本新兴宗教团体。在这次地铁放毒杀人事件中，有10多人死亡，6300多人严重受伤。之后10多年，因追捕凶手等使得日本国内长期不得安宁。有一段时间，和子在规定的时间内却没有来运动，我们都有点担心她是否健康不佳。不久后我又遇到了她。她告诉我们，这段时间在配合警察工作。"奥姆真理教"最后被追捕的两名逃犯，竟然隐藏在和子持有的公寓中多年，前不久被抓获了。她见我们感到惊讶，就反复地向我们表白说明，她说她虽然不是一个有文化修养的人，但是她是一个有正义感的正直的人，决不会隐藏姑息逃犯。她现在拥有的财产，都是通过自己的辛勤劳动赚来的血汗钱，从来没有做过伤害良心的事。

去年我从中国回来，得知和子旧病复发又动了二次手术。她已经是82岁的老人了。我们几人相约想去她家看望她，但她执意不肯。于是我们相约去她一直喜欢去的居酒屋会面，意外地发现她虽生病住过两次医院，但看上去精神很好，与以前相比并没有什么多大的变化。我们大家高兴地喝酒聊天。言谈中我问起她生病住院的情况，她对我说，一生中她生病住院动过多次手术，医生都说她是他见过的生命力最顽强的人。她还说她不怕化疗，头发掉了还可以长出来，她还准备了几个假发套。只是她不能死，她死了留下她儿子一个人太可怜。所以只要是医生的治疗她都能接受。说完后她将大杯啤酒一饮而尽，我看到她的眼睛熠熠有神，闪烁着的仿佛就是那种求生的欲望。

当我问到她的中华料理店"哈尔滨"时，她黯然神伤，闭上了眼睛。我看到从她那强忍住不睁开眼睛的眼缝中，流出了仿佛是冒着热气的泪水。她用手擦拭着泪水，顺着泪珠，从眼睛处一直擦拭到嘴唇边，将她精心涂抹的鲜艳的口红也一起抹掉了不少。然后她睁开眼睛张开双手手掌，看着泪水和着口红的有点发红的手掌心，然后用发红的眼睛看着我，哽咽着对我说："没有了，我的'哈尔滨'没有了。"然后她仰起头，长嘘一口气，又用她那双充满无奈的眼神看着我，顺手捧过啤酒杯，张开大嘴仰面一饮而尽。她说由于她旧病复发多次住院治疗，儿子没有能力一个人维持经营下去，她的"哈尔滨"饭店经历了50多年的岁月已经关闭了。

看着她这样，我们都默默无语。我感到有点内疚。在多年的交往中，我了解到小岛和子女士真的是一位吃苦耐劳、勤俭坚强的好女性，又是一位善良慈爱的好母亲，还是一位豁达大方的好朋友。她这一生中吃了很多苦，也默默地付出了很多，但她的儿子没能如她所愿将她的"哈尔滨"继承下去。而我在她最需要人帮助的时候却没能助她一臂之力，只能愧对她那无奈的眼神而默默无语。

我真心地祝福小岛和子女士健康长寿，祝愿她的儿子能陪伴她安度晚年。

第三章　异国的人妻

　　在日本，我的留日签证是"家族滞在"，即中国的所谓"陪读"。申请出国时我的工作单位当时是批准我赴日探亲。在探亲期间还给我发了工资和奖金。三个月探亲期满后又延长了，以后又批准为停薪留职。就这样，我成了一个从 20 世纪 80 年代开始至今天的跨世纪的日本陪读生，一个生活在异国的人妻，游学在这异乡别地。

　　"陪读生"，不知是哪位高人创造了这么美好的名词，使人联想到古代文人骚客，赴京赶考，公子伏案夜读、挥毫作卷，娘子拂袖研墨、献茶温羹，夫妻举案齐眉、相敬如宾的动人场面。

　　20 世纪 80 年代，国家正开始改革开放，市场经济才刚刚起步。国家提倡一部分人先富起来，扶植"万元户"，那时根本没有"富二代"的新名词。出国时，我俩的月薪都是 110 元，在同龄人中可能是中上水平。因此我们根本不可能成为"万元户"。就算当时我们能有 1 万元带出国，在日本这样经济发达、人民生活消费水平相当高的经济大国里，1万元人民币也好像一片树叶落在水中一样不会发出声响。

在我们的身边，当时可以说没有一位自费留学生不是"半工半读、勤工俭学"的。他们白天去学校学习，下课后几乎是直奔打工现场。不少人都是在早上上课前、下午下课后、晚上睡觉前打几份钟点工挣钱。打工挣钱的目的是交纳学费和维持自己最起码的生活费用。作为陪读生的妻子，如果同样去学校"陪读"，那就得付出同样的开支。如果待在家里"陪读"，那只是一种美好的愿望和想象。

从此，我以陪读生的身份，开始寻找自己在异国他乡的位置。

东京都国立市公民馆

我知道，突破语言障碍，是融入异文化社会的第一步。这里有不少日语学校，不少人就是通过入学语言学校取得就学签证来到日本的。也有一些"陪读"身份的人妻进专门的日语学校学习。毕业后，有的继续升学，有的进入社会想找工作。但在日本社会，结婚后的女性均以家庭主妇身份对待，职业一般均为合同工或钟点工，且从事服务性行业的工作为多。有些人满怀期待地来到这里，却因难以融入工作环境和生活环境而失去信心。因此有的陪读生来日本不久就离开了这里，选择回中国夫妻两地分居。也有不少夫妻分居多年后最终分手重建家庭的。大多数的陪读则放弃了国内的身份，陪着一方在这里入乡随俗、相夫教子。在我来日本后的第三个月，有一天，夫君兔先生从学校回来，带来了一张广告纸。我们所居住地的公民馆开办日语讲座，讲师是日本义务工作者，免费为在日外国人教授日语。得到这个消息，我真是高兴极了。到这里以来我一直是一个人在家里看书、听录音带自学日语，自言自语，没有会话交流。于是我迫不及待地报名参加了学习。

国立市公民馆，位于车站不远处的路边。第一次走进这里，我感觉这里还真像是一所市民的学校。有很多公开讲座供人选择参加，有免费的，也有付费的。如书道、绘画、生花（插花）、料理等，教室里、走廊中、墙壁上到处都悬挂展示着学员们的作品或写真。我参加的日语讲座，最初的先生是日本主妇种田蓉子先生。她是一位漂亮文雅的40多岁的女士，穿着和化妆都很精致，特别是每次都在脖子上系上不同的丝巾，打成不同形式的花结，衬托着成熟端庄的面容。一开始我们都被她的化妆和穿着所吸引。她讲话的声音很好听，轻柔、清脆，缓缓道来，脸上总是自然地洋溢着温柔甜美的笑容。

我们班有近20位学员，分别来自加拿大、澳大利亚、韩国、马来西亚、菲律宾、泰国等地。其中数我们中国人为最多。有不少是附近国立一桥大学的留学生夫人陪读生。

公民馆的职员吉本静三先生负责安排我们。

我们的学习不像正规的日语学校那样规定严格，每周一个上午两小时的课。从日常会话和自我介绍开始学习。

日本人初次见面时，首先习惯介绍自己的姓名，主妇们还介绍自己的家庭成员。老师首先教我们这些日常会话，然后我们边学习边用学会了的日语来进行自我介绍，还将自己写的文章在课堂上交流甚至发表。

记得刚开始时我的自我介绍是这样的："我是三个月前从中国长沙来的×××，家庭成员有三人。主人是大学院的留学生。还有一个'娘'（日本人称自己的女儿为'娘'），在上幼儿园大班。"介绍完毕后，我实在忍不住失声大笑。我们中国女人来日本后都成什么了，"爱人"成了"主人"，"女儿"变成了"娘"。这日语真的是太搞笑了，竟然就这样利用现成的中国的汉字变为自己的文字语言，还理所当然地赋予这个原始汉字以根本不同的含义，真是有点不可思议。

日语讲座每年招生一次，招生广告刊登在市政府的报刊上。每期日语讲座结束后，公民馆都组织我们参加地区的日语辩论会。记得我第一次听辩论会时，一位中国台湾人和一位菲律宾人的发言至今印象深刻。这位中国台湾女性的丈夫也是留学生，她放弃了在中国台湾的记者身份随夫来日陪读，与我们一起参加了公民馆的学习。在辩论会上，她的发言是《我是中国人，结婚后不改姓》。当时与我们交流的日本主妇们都十分惊讶和不理解中国女人为什么结婚后可以不随男姓而继续保持自己的姓氏。因为日本法律规定了女性结婚后必须要改随男方的姓氏。所以日本的女性一般都有两个姓，结婚初期向别人做自我介绍或写信时，都会介绍现在的姓名和旧姓。在辩论会上，另外一位与日本人结了婚的菲律宾女性也在会上发表讲话。她的发言是《请不要骚扰我》。当时在日本的菲律宾女性较多，有不少人认为菲律宾女性多从事一些服务性行业或风俗业的工作等。因此有的从事正当职业的菲律宾女性也无缘无故地受到性骚扰。在当时的日本社会，日本男性娶菲律宾女性为妻的也不少。结婚后成了日本人的妻子，有时在社会上也受到不公平的待遇。当时，在日本的菲律宾女性遭受性骚扰的事例时有报道，因此正直的菲律宾女性利用公共渠道发出呼吁，追求和维护自己的人权。

我们在公民馆的学习很丰富愉快。除了学习日语之外，有时主妇们在一起，利用公民馆的厨房做出各国的料理共同品尝。我们也请日本主妇当日本家庭料理老师，学习做日本的手卷寿司、手握饭团、"弁当"等。有时我们还学习插花和茶道，亲身体验日本文化。公民馆还将我们的学习成果不时地登上地方的报纸杂志，并组织我们出去旅游。我第一次登上富士山，就是公民馆组织我们日语讲座的朋友们一起去的。

美好的事物令人向往，现实的生活不可超越。我们这些生活在外国的人妻，十分羡慕那些日本人的妻子。她们同样有着高等学历，她们可以理所当然地当家庭主妇，在家相夫教子，为社会义务工作。她们同样受到社会的尊重，同样得到家庭的认可。

20世纪50年代出生的我们，从小受的教育是男女平等，同工同酬，妇女能顶半边天。谁家的女儿要是结婚后当家庭主妇，娘家人会觉得脸上无光，在亲戚面前说不起话。自己也会感到软弱无能，在婆家中无底气做人。更何况我们是生活在异国他乡的中国自费留学生的陪读妻子，更加是责无旁贷地要扶助夫君承担起这个家庭的责任。一个人的入乡随俗也不可能是千篇一律、千人一面，一家人的入乡随俗也不可能只是舍弃旧篇幅追求新版本。

面对现实，我选择了边在公民馆学习边出去打工的生活方式。经人介绍，在我来日本的三个月后，我找到了第一份工作，在邻近市内的一家中华料理店打工。

东京都国分寺的中华料理店"龍栄"

国分寺市内有一家大型的保龄球俱乐部，里面有一家叫"龍栄"的中华料理店。第一次进去接受面接（日语，即"会面、面试"的意思）时，我对这家店的规模之大感到惊讶。在高尔夫尚未普及的20世纪80年代，保龄球可以说是这里普及的一种高级时尚的体育运动。二楼全部是宽敞明亮的运动场所。球场内炫目的灯光、流行的音乐，各种各样的自动贩卖机并列。身着制服的工作人员和运动者们，看起来非常时髦，是我在国内时未见的。一楼是餐馆，金碧辉煌，地面上铺着大红地毯，桌面上盖着红色和白色的桌布。工作人员穿着嫩绿色的旗袍，也是我在国内时从未穿过的服饰。

面试的人是一位有点严肃的 50 多岁的男人，戴一副黑框眼镜，白衬衣、西装领带，穿着很是正规。据说是公司的总务，他热情地接待了我。可能是他知道我不太懂日语，也没有详细询问我什么，只是给了我一张表格，让我拿回家让"主人"看后签字。我看到这张表上用日文写满了从业规定和注意事项及违反后的处罚等，即使当时我不完全懂日语，但日文的繁体字"従業規定"和"処罰条例"等意思还是能看明白的。"従業規定"有遵纪守法、按时上下班、不无故旷工和不得以不正当的手段挪用公物钱财等。日本的主妇参加工作，要经过其丈夫即"主人"的同意签字后才能生效。这就和日本未满20周岁的人被称为"未成年人"一样，"主妇"和"未成年人"在公众场合的"保护者"是户籍上记载的"世带主"，即主妇的"主人"和孩子的父亲。

我上班工作了。这是我在异国的第一份工作。每天开店前，工作人员要整齐地站在门口，向客人们鞠躬行礼，齐声问候"欢迎光临"。我的工作是在餐厅的内侧洗茶杯。这是个大型的中华料理店，厨房内有自动洗碗消毒机械，有专人负责。因玻璃茶具直接接触口腔，沾染上口红难以去除，故手工清洗。

刚开始，每天上午10点至下午2点，我在这里工作。餐厅服务生将用过的玻璃杯集中送到我这里，我先用洗涤剂清洗一遍，然后放进漂白消毒水中浸泡15分钟，再用清水冲洗干净后送到厨房内做高温杀菌处理。日复一日，我从刚开始时每天上午在这里工作4小时，到后来又增加到晚上继续干5小时。我在这里工作了一年多，每小时给700日元。

现在回想起来，当时我的工作量还真的对不起这700日元。按照常规，原来我这工作岗位的人除了清洗茶具以外，还要配合服务生去外面餐厅收拾餐具、整理桌面、传递料理食品等。而我当时自认为不习惯、脸皮薄，见到客人不会鞠躬问候，反而转身朝里面躲，再加上当时我日语讲不好，因此他们也就迁就了我的"任性"，让我只在里面做不露面的工作了。

除了洗茶具，有了空闲的时间我就学日语。我将在公民馆学习的内容抄在小本子上，偷偷地看，默默地记。现在回想起来，这也是违反劳动规则的。其他人有了空闲时间，都自己找事做，有的扫地擦玻璃窗，而我却在干私事。

与我在一起工作的有一位叫川口美江子的女士，年纪与我相仿。高高瘦瘦的身材，白白净净的瓜子脸，前发的刘海总是高高卷起在额头上，说话时满面笑容，很是亲切动人。看得出，厨房内的一位年纪与她差不多的男厨师很喜欢她，每次对她都很亲热，还不时地抚摸她的腰部和手臂，有时还将手伸进她的短袖口中去。这时候，我看到她每次都是稍加躲避，用轻柔的声音说："别这样，请不要这样！"从来没有见过她发脾气。后来她告诉我，她的丈夫在一家公司上班，她的一儿一女都上小学了，她就利用时间来这里当计时合同工。

一次，一位年纪比我大的从外面请来专门接待宴会的老服务员，可能是因为看到了我总是清闲，就专门找了一件事叫我做。那天的宴会上，一位客人不小心打碎了碟子，她对我说，她穿的和服因袖子宽松不便于收拾掉在桌子下面的碎片，让我去收拾打理。当时我执意地说我不适合去做外面的事情而推辞。这时候，川口女士连忙上前来，跟着那位老服务员一起去外面收拾干净。我听到她悄悄地对那位老服务员说，她在中国没干过这样的工作，还不习惯。至今回想起这件事，我仍感到惭愧，也很感谢川口女士善解人意的行动，是她以她那日本女性的柔情和友爱来宽容和满足了我这颗固执又虚荣的心。

厨房内有位年过六十岁的阿婆，专门负责厨房内的洗碗卫生工作。有一天，听川口美江子女士说，这位阿婆说她的钱包忘记在厕所内结果不见了。阿婆说看见我在她之后进了厕所。这时候，厨房内的一位年轻厨师来到我工作的附近帮她找钱包。当时我觉得既委屈又气愤，脸色不好看正想发脾气，川口美江子轻声在我耳边说："别生气，我们了解你，这样做只是为了安慰阿婆的情绪。"没过多久，那位阿婆不见来上班了，换了一位20多岁的年轻女孩。我问川口美江子女士是怎么回事。她告诉我，那位阿婆虽然做事勤快，但有一个不好的习惯就是经常向人借钱不还，因此大家都不怎么喜欢她。早几天厨房内领班规定她将借的钱全归还了，她自知没趣，就辞职了。我一听后马上说，阿婆她也借了我的钱未还。大概在一个月前的一天晚上，在下班的路上，阿婆从后面追上我，对我说出门时忘记了带钱包，让我借钱给她，我如数借给了她。川口美江子女士说，如果早知道这位阿婆也借了你的钱，我们也一定会帮你一起要回来的。

我曾经听那位阿婆说过，她丈夫生病在家，儿子又不好好地工作。两位老人的年金不多，生活很艰难。

我想，这位阿婆应该也是一位勤劳的女性、慈爱的妻子和母亲。

与我们一起工作的还有一位男士，30多岁。我估计他是正式社员，专门从事餐厅的接待工作。每天他头发梳得黑黝黝地发亮，穿着整洁的白衬衫和黑西装背心及黑西装裤，脖子系着黑色的蝴蝶结，脚上永远穿着刷亮的黑色尖头皮鞋。全身上下是黑白分明，一尘不染。

这位男士可以说对工作一丝不苟。他可以用一只手同时端着盛满菜肴的三个大碟子而身体不偏不倚昂首挺胸地走路。对待客人他永远是毕恭毕敬满面笑容。有时客人不多空闲时，他经常是一个人站着默默地用一块雪白的手绢仔细地擦拭玻璃茶具和酒具，擦拭得闪闪发光后再摆放得整整齐齐。

在同事之间，这位男士好像不怎么爱说话，喜欢默默地观察打量人。曾经有一次，他主动地告诉我说他曾经认识一位中国台湾女士名叫×××。他可能是担心我日语不好听不懂他说的话，还专门拿来一张白纸写上汉字告诉我那位女士的名字。

又过了不久，一天他悄悄地走到我身边对我说："你生活过得怎么样？我和你能不能增加点男女之间的交流，我会付钱给你的。"一段时间以来我隐约感觉到他老是在我不远处默默地注视着我，使我感到有点不自在。听到他对我说的这些话后，我马上回答他说："不行！我不喜欢这样的事情。"他听后就什么也没说，走开了去干自己的事情。

从这以后，说实话刚开始时我还有点担心后怕。我怕拒绝得罪了他以后可能会遭受到无理追随或在工作上刻意刁难报复的行为。然而，我的担心是多余的，从那以后什么事也没有发生，我们还是一如既往，各自工作，相安无事。有时下班后在车站相遇，他也客气地对我微笑打招呼。

在日本生活了这么多年，我没有与日本男人深交的经验，自然没有资格来评论日本男人对待女人的态度或喜好。仅仅从我自身经历的这件事情，我感觉到，这个日本男人在对待性的取舍上，是在用一种自由交易的手法、以公平买卖的感觉来谋取。表达意向，没有强求。寻求合作，不留后患。我想这也可以称得上是一种风度吧。

离开这份工作多年后，我仍十分怀念这个充满人情味的我第一次工作的地方，特别想念那位美丽的川口美江子女士。有一次，我专门去店里拜访大家。川口美江子女士还在，还是前发刘海高高卷起，很是好看。只是嫩绿色的旗袍换成了大红色，很是显眼。她坐在榻榻米房间的桌子旁，一双白嫩的手正在不停地将餐巾折叠成一朵朵花的模样。见到我，她眉开眼笑，很是亲切热情。她告诉我说她已经是这里的正式社员了，言语之间尽显满足欣慰之情。后来我才知道，这位漂亮的女士曾毕业于日本名门庆应大学，单身时曾就职于丰田汽车公司。通过职场恋爱，她与自己的上司结婚后成了家庭主妇。待孩子长大后又重新步入社会，经过近 10 年的钟点合同工工作后，才成了这里的正式社员。

川口美江子是我认识的一位美丽、温柔、善良、贤惠的日本女性，也是一位处事平稳、待人谦让、善解人意、心态平和的好女人。

东京都国立市的"ママの森幼儿园"

　　我的第二份工作是在幼儿园。1990 年 10 月至 1995 年
3 月，在三浦竹子先生任园长的东京都国立市学校法人五
浦学园"ママの森幼儿园"干了近五年的时间。

　　据有关资料介绍，日本的幼儿园始于明治初年的 1871
年左右。第一所幼儿园是在横滨的外国人居留地内，由美
国基督教三人创办，主要对象是在日本的美国人子女、混
血儿和极少数日本人子女，名为"亚米利加妇人教授所"。
日本第一家官办幼儿园创设于明治九年即 1876 年，名为"东
京女子师范学校附属幼儿园"，位于东京市内。

　　"ママの森幼儿园"创立于昭和三十年即 1956 年。
由现在的三浦竹子园长先生的父亲五味しげつぐ先生私人
创立。初期有幼儿 13 人，先生 3 人。平成元年即 1989 年
成为学校法人"五浦学园"。名字取于现园长先生的父亲
的姓氏"五味"的"五"和现园长先生的御主人"三浦小
平二"先生的"浦"而成。在园幼儿最多时有 300 多人。

　　我所知道的日本幼儿教育大致分为两大类型，即幼儿
园教育和保育园教育，二者均有国立、公立和私立之分。
前者归属国家文部省管辖，后者为政府厚生劳动省归属。
最大的区别就是幼儿入园的年龄和每天入园的时间长短。

一般的幼儿园是三年制教育，从 3 岁开始到 6 岁止，也可以中途插班。每天上午 9 点入园下午 1 点钟退园。周休二天，节假日也休息，还有夏休和冬休等。园费按统一价格收取。保育园则要求父母为双职工或单亲家庭及个别特殊家庭。园费按父母的工资比例收取。幼儿年龄从 0 岁开始到 6 岁止。入园时间一般为父母上班之前和下班的时间，可具体商定保育时间。

在日本，外国人就职与日本人就职一样有多种形式。除学校与政府机关事业单位之外，一般的企事业单位大致可分为"社员""契约社员""派遣社员"和"パートタイマー"(相当于合同工，多为主妇)以及"アルバイト"(相当于临时工，多为学生或其他自由人士)等。1990 年 10 月，我作为パートタイマー先生开始在"ママの森幼儿园"上班。

我住在离幼儿园很近的园长先生持有的住宅，走路不到五分钟就到了幼儿园。每天早上 9 点前，我们站在幼儿园门口迎接小朋友们。幼儿们都自己挎着书包，包里装着从家里带来的"弁当"和"联络账"，手上还提着一个小布袋，里面装的是进教室时穿的白色布胶鞋和围兜，一般按规定都是统一的。脏了后自己带回家清洗干净。"联络账"是先生与家长的通信录，分别记载该幼儿在幼儿园和家庭的情况。

幼儿园一般按年龄分为年长组、年中组和年小组。按幼儿的人数多少又划分为几个班。一般一个班20多人，先生两三人。

　　每天入园集合后，第一件事是齐唱《早上好》儿歌。担任的先生弹钢琴，小朋友们齐唱"先生，早上好！小朋友们，早上好！今日快乐的一天现在开始了"。然后开始点名报到。先生点到自己的名字时，幼儿将手高举过头，大声回应"嘿"。学唱儿歌、读书故事会、手工图工课几乎天天有。之后是自由活动时间，先生与小朋友们在教室外、操场里玩耍。

　　中午吃"弁当"，也是大家最快乐的时光。大家将桌子拼在一起，团团围坐。洗干净手后，将自己从家里带来的"弁当"摆放在自己铺展开的小餐巾上面，等候先生的指示。开始吃之前，先生弹琴，大家齐唱《弁当歌》："弁当、弁当，我们真喜欢！每个人的手都干干净净的。大家一齐来问候，不用客气我们吃饭了！"然后合掌于胸前齐声说"いただきます"。先生也每天自带"弁当"与小朋友们坐在一起享用。幼儿不分大小，每人都自己吃饭。吃得快的小朋友可先收拾好自己的餐具后到教室外自由活动，吃得慢的小朋友也坚持自己最后吃完收拾干净后再与大家一起行动。

　　吃完"弁当"，就要准备回家了。一般是下午1点为退园的时间。担任的先生集合大家总结一天的情况后，小朋友们背上自己的书包，齐唱《再见歌》："先生再见了！小朋友们再见了！今日快乐的一天就要结束了！明日再见吧！"

最让我感动的是一年一度的"卒园式"。小朋友们像过重大节日一样，男孩子们穿上西装，女孩子们穿上漂亮的衣裙，家长们也一样正装上阵，大家集合在大礼堂，园长先生亲自呼唤每一位卒园小朋友的名字，依次上台领取"幼儿园卒园证书"，然后与担任的老师合影留念。每人都有一个纪念册，里面有幼儿入园时幼儿园制作保存的本人小手掌模样复印件或脚印模样件，还有幼儿园期间的学习生活写真等。然后全体齐唱《毕业歌》，歌词的内容是回忆幼儿园的生活，回顾一年四季中幼儿园展开的活动和小朋友们成长的过程。大家唱得热泪盈眶，大人领着小孩怀揣毕业证书边唱歌边流下感动的泪水，向站立在幼儿园大门出口处的先生们鞠躬告别。

幼儿园的教学，我感觉到除了正常的唱歌、绘画、读书、讲故事、图工折纸和幼儿运动以外，主要还有以下几个方面：

一是礼貌礼仪的养成教育。每天初次见面，小朋友们都要面带笑容大声地向所遇到的人问好；分别时都要鞠躬行礼大声道别再见；得到别人帮助时要说"谢谢"；做错了事时要认错说"对不起"；上完课后或受到了批评后要用语言表示"明白了"。

二是培养自强自立的精神。无论是每天上幼儿园时，还是参加园外活动如春游远足活动等，小朋友们都是自己的行李自己拿。每人一个小包，装着自己的"弁当"、水杯、手帕和必需品，挎在自己的肩上背着走。

三是养成遵守纪律的习惯。自己的东西如书包和鞋子放在属于自己的固定的地方。无论是上厕所还是玩游戏，如溜滑梯、荡秋千等，都按顺序分先来后到，排队轮流进行。

四是养成爱卫生爱整洁的习惯。自己玩后的玩具自己整理归还原处。自己造成的垃圾自己分门别类回收处理不留残余，不给别人添麻烦。

五是培养尊重他人讲理谦让的品德。公共通用的物品不占为己有，如公用玩具或图书漫画，一个人不长时间占用，要留下时间给下一位等待的人分享。想分享别人的东西时，先用语言征得对方的同意，不先动手挪用。

六是注重平等教育培养团队精神。无论是什么样的大小活动，幼儿园小朋友都是全员参加，哪怕是身体有残疾、语言有障碍的个别人，运动会、学艺会等都要出场表演。

围绕着这个以人为本、以幼儿为中心的教育理念，幼儿园一年到头各种活动不断。春天有"田植え"，幼儿园组织小朋友们去附近的农家插秧，体验农耕农作。秋天又去农家"芋掘り"，收获土豆地瓜。夏天在幼儿园筑起大橡皮圈游泳池，小朋友们轮流下水玩耍。冬天大家在幼儿园举办食堂游戏，老师和家长们下厨献艺，小朋友们充当服务员为大家端茶送饭。幼儿园还一年一次组织小朋友们用自己的钱去附近超市购物，体验社会生活，培养环保意识。

最让我感慨至深的是日本的传统文化习俗的教育，始终贯穿于幼儿园教育的年中行事中。在幼儿园工作的五年中，我仿佛觉得自己置身于中国古老文化与日本现代文化并存的环境里，对这里的一切似曾相识又备感新奇，似感遥远又触手可及。我亲身体验到日本很多的文化习俗都来自中国，在这里又得到了传承和升华。

每年的元旦，日本人称为"お正月"，即中国人称的正月，相当于旧历年的"春节"。过去这里也是过旧历年"春节"，明治维新后改公历为新年。尽管如此，至今还有冲绳、鹿儿岛等地的日本人保持着过旧历年"春节"的习惯。

小时候，记忆中过正月春节时，中国南方家家户户都自己动手做年糕和糍粑。长大后这样的风景再也没有看到过。没想到来日本幼儿园工作后，每逢正月到来之前，幼儿园都要组织小朋友们打糍粑准备过新年。那一天，家长与先生一起，在幼儿园的操场上，摆上石臼，抡起大木槌，与小朋友们一起轮流操作，边做年糕边唱《お正月》儿歌，"还要睡几次觉后就是正月过年了。在正月里我们放风筝、玩陀螺、打板羽球。快点到来吧，正月的新年。"

"お岁暮"，即在新年到来之前，互相赠送的礼品。学校的先生、公司的上司、父母兄弟及亲戚朋友，互相表示感谢之情。各大超市和百货店的"岁暮"品琳琅满目，应有尽有。人气商品有酒类、火腿肉类、料理调味料和各类时令水果等。

"年贺状"，即中国的贺年卡。每年的12月25日前，几乎家家户户都会寄出大量的年贺状，以保证在1月1日的早晨到达目的地。每年元旦的早晨，我们的第一件事就是去邮箱取年贺状，然后全家人兴致勃勃地观看。有特色的年贺状一般都印刷有自己一家人的近照，精致又好看。特别是幼儿园小朋友们寄给我的年贺状，天真又可爱，我珍藏至今。最多的时候我们收到过100多张年贺状。收到了别人寄给你的年贺状，如果你在年前没有给对方发出同样的年贺状，要赶在1月3日之前给对方回复，以示礼貌。如果在过去的一年中你家里有亲人过世了，就不要向别人发出年贺状以犯忌讳。可以发普通的明信片告知，这是一般的礼仪。

"初诣"，即相当于中国的年初拜庙神。阳历12月31日的最后一天，日本称为"大晦日"，也称"除夜"。一般家庭都要在中午以前做好所有过年的准备。在进门处的两边插上"门松"，以迎接"岁神"降临家门。在家中玄关处摆上糯米做的圆形糍粑（日本人称"お鏡餅"）和十二生肖中今年的干支吉祥物，晚上全家团圆，吃"御节料理"，看一年一度的电视"红白对歌"（红白歌会）。到半夜12点，各大寺庙内敲钟108下，长辈们给小孩发"御年玉"(压岁钱),全家围坐吃"お年越し蕎麦面"(长寿面),然后整装前往寺庙去拜庙神。我家附近有一关东有名的寺庙"川崎大师庙",每年正月平均有30万人以上来此朝拜。特别是"除夜"的钟声敲响时,排队等候了一个多小时的人们欢呼雀跃,互道"恭贺新年"。然后去庙里叩拜诸神,祈祷平安。

2月3日是立春的前一天,日语称之为"节分"。立春将至,季节分开,阳光和煦,万物复苏。这天日本全国各地都举行"豆蒔"活动,又称"撒豆节""打鬼节"。这天晚上,家家户户要打开门窗,由一家之主将已炒熟的黄豆从门窗扔向屋外,口中高喊:"鬼啊,滚出去!"然后又将黄豆撒向屋内,同时高喊:"福神啊,进屋里来!"然后家里人分别吃黄豆,吃下的黄豆数字要与自己的年龄相当。这样家庭就会幸福圆满,家人都会身体健康。

据说"豆蒔"来源于1300多年前中国的"追傩"。现在已演变成日本的一个季节性的娱乐活动。这一天也是幼儿园小朋友们最快乐的一天。先生们带领小朋友们自己动手制作"豆蒔"打鬼用的道具。用彩色薄纸片做成一个鬼形的面具,戴在头上,再将黄豆装在自制的小纸盒里,大家围成一圈,互相高呼:"鬼は外! 福は内!"然后一起吃豆子,非常快乐和有趣。

3月3日是日本的"雏祭り",也称"人偶节""女儿节""桃花节",也是从中国传入日本的一个传统节日,已有 1000 多年的历史。据说最初来自于宫廷中女孩们的游戏"过家家"，奈良时代传入，江户时期日本幕府正式将每年的 3 月 3 日定为节日，延续至今。这一天，有女孩的家庭要在家中摆设"雏人形"。这些"雏人形"大多是母亲娘家代代相传的，有很多类型，分段摆设十分讲究。一般是一段或两段摆设人形，最多的可达七至八段。这一天除了摆设人形以外，家中还要做庆祝节日的食品，大多为桃色和白色的甜食。通过摆设"人偶祭坛"，表达父母长辈们对女儿的美好祝愿。据说家中的摆设要在节日一个月之前摆出，在节日过后一星期内收回。这样所寄托的愿望就能够实现。每年新年伊始，各大百货商场都大张旗鼓，在商场醒目之处展示多姿多彩的人形，引人驻足观看。

幼儿园内更是热闹非凡，小朋友们载歌载舞，庆祝节日。《雏祭り》儿歌声响彻幼儿园："将灯点亮吧，灯笼在闪烁。献上鲜花吧，美丽的桃花。众多的人偶和我们在一起，今天是快乐的'雏祭り'。"

4 月，是樱花盛开的季节。尽管每年春季樱花盛开，人们还是忍不住时刻关注着樱花从南至北开放的瞬间。从"春风第一吹"到"樱花第一开"，电视电台及各种媒体的报道都紧扣人们的心弦。日本人将樱花看作是春天的化身，是花的神灵。

"花见"可以说是日本人赏樱花的固定名词和固有动态。"花见"虽然没有被列入日本国民的法定节假日，但每到樱花盛开之际，皇室和内阁总理都会在御花园中举行盛大的迎春招待会，除了国家政府要员出席之外，还会邀请各界精英出席，表彰和传颂他们的功绩。一般企事业单位也会压缩工作时间，为职工们提供"花见"的时间。京都的岚山、东京的上野公园、东北青森县的弘前公园等地都是著名的"花见"胜地。为了在最好的时间、最佳的地点见到最好看的樱花，人们不惜通宵达旦地守候在樱花树下，铺上油布，扎上帐篷，张灯结彩，带上"弁当"、三色团子、各种酒类饮料和美味佳肴，边吃边喝，唱歌跳舞，谈笑喧闹，使平时一直安详宁静的日本到处充满生机，热闹非凡。

　　日本有很多赞颂"樱花"精神的名曲。我最喜欢的是森山直太朗的《さくら》（《樱花》）和福山雅治的《樱坂》。那些华丽的歌词和动听的旋律令我心醉。樱花季节，也是幼儿园组织小朋友们春游远足的最好时光。大家带着"弁当"，手牵手地漫步在林间花树下，观樱花盛开的繁华，看落花飘零的静美，享受和接受这大自然带来的一切。这时我的心情与小朋友们一样，有的只是一种对大自然馈赠的享受，丝毫没有那种"黛玉葬花"时怜香惜玉的哀愁。

　　5月5日是日本的"子供の日"，又称"端午の节句"，即"男孩节""端午节"。这两个节日同日，被日本定为法定节假日，全国放假一天。

　　日本端午节的发源也来自中国。古时日本人也和中国人一样，5月5日这天在家中悬挂"钟馗驱鬼图"，家门前悬挂"菖蒲"，吃用糯米做的"柏饼"或粽子。这一切都是为了扶正祛邪。江户时代，中国的"鲤鱼跳龙门"传入日本。日本人认为"菖蒲"与"尚武"的发音相同，"鲤鱼"则是好运和勇气的象征。因此，1948年日本正式将端午节定为"男孩节"。

这一天，有男孩的家庭都用竹竿挂起鲤鱼形状的旗帜，家中有几个男孩就要挂几条。在屋顶上或阳台上及建筑物的高处，到处都飘扬着色彩斑斓的鲤鱼旗。2009年5月5日，在东京高达333米的东京铁塔上，竟也悬挂了色彩各异的鲤鱼旗，成为一大风景。

同时，在不少家庭和学校里，还要摆设"五月人形"。"五月人形"的原意来自日本武士的崇尚"武力"与"勇气"，又称"武者人形"，其造型以身着盔甲的武士为主。

5月5日这一天，悬挂"鲤鱼旗"，摆设"五月人形"，寄托着父母长辈们望子成龙茁壮成长的愿望。这本是中国古老文化与日本文化相结合的产物。在长期的历史发展中，中日两国在经济文化等方面领域的交流日益活跃。不少日本企业与中国企业合作，在中国创建了不少中日合资公司。

在中日合资公司成立的庆典上，"鲤鱼跳龙门"的旗帜与中日两国的国旗一起高高飘扬在中国的上空，寄托着两国政府和两国人民的美好愿望。

7月7日是日本国民的"七夕节"。这个古代传统的牛郎织女的爱情故事在奈良时代从中国传入日本后，自江户时代起，在日本又有了创新。从歌颂男女之间的爱情，祈求姑娘们能拥有一身好手艺，演变成人们向天上的星星许愿，请上天保佑实现自己的美好愿望。

农历七月初七这一天，在机场、车站和一些人流集中的百货店等地方，都在醒目的位置设有一排排的竹枝。经过这里的人们，都可以在彩色纸条上写上自己的心愿，折好后挂在竹枝条上。与此同时，不少家庭的阳台上，也会有竹枝插立于高处，彩条随风飘舞，让自家的孩子们写上自己美好的愿望，晚上对着星星祈求实现。日本仙台的"七夕祭"在全国最有人气。

这一天也是幼儿园最忙最快乐的一天。小朋友们集合高唱《七夕祭》歌："竹枝叶在沙沙地响，飘拂在家的屋檐下。天上的星星闪闪亮，像金银砂子在发光。我在五色彩纸上写下了心愿，神圣的星星你定会看得见。"然后小朋友们各自用彩笔在彩色纸条上写字或画画。女孩子们多写上"我想成为一名漂亮的公主""我想成为花店的主人""我想成为幼儿园的先生""我想长大结婚成为好妈妈"，等等。男孩子们则是"我想成为野球选手""我想成为'哆啦 A 梦'""我想成为面包店的主人""我想成为'大金持'（大富豪）"，等等。

活动结束后，将竹枝拿到操场集中，大家又载歌载舞，然后点火燃烧。

中国的"七夕节"是古历七月初七这一天，近年来已演变成了现代的"情人节"。日本的"七夕节"则演变成了一般国民特别是孩子们的娱乐性活动的节日，没有中国传统的表达男女爱情的情调情操。

夏祭，顾名思义是在夏天举行的各种祭祀活动，也是日本国民一年中的重要行事。

日本有各式各样、名目繁多的祭典。根据季节的交替变化和地方文化风俗习惯的不同而构成不同的内容和形式。其中又有不少是来自中国的古老传统文化。

"盆踊り"是全国各地都举行的夏祭。关东地区与关西地区的风俗习惯不同，举行的日期和内容也有所不同。一些大型企业为了照顾来自各地的职工能够回老家参加这个重大的祭祀活动，特别在7月和8月的两个时期内放两次假。一般的家庭几乎全家出动，回老家参加祭祀活动。

夏祭的"盆踊り"起源于中国的"盂兰盆节"。最初是为了祭祀祖先、祈求五谷丰登、生意兴隆和家道兴旺等。活动的地点以神社为单位。在日本，一般居民集中居住的地方都会有一个小神社，据说这来源于日本从前没有管理居民的行政机构，居住地的住民按神社的位置规划管辖，神社就相当于现在的区役所，即相当于现在中国的派出所或办事处。现在各地虽然都有了区役所等行政机关，但每逢祭祀活动一般都还是以神社为单位。每个神社都有自己的名字，如稻荷神社、穴守神社等。每个神社又都有一个象征性的"神舆"，在祭祀活动期间，各神社选拔年轻力壮的男女抬着"神舆"，穿着传统的节日服装上街游行，向市民们展示自己所在地的乡土文化。在此期间，各神社之间还举行比武竞争，看谁的"神舆"花样多、吸引人，看抬"神舆"的人谁的力量大、跑得快等。敲锣打鼓，走街串巷，夜以继日，热闹非凡。

"盆踊り"期间，不少的家庭还举行"接祖先回家"的祭典。在家门前，摆上祭坛，供奉饭食，点燃蜡烛引路。有的人家还请和尚念经烧香拜佛。

到了晚上，在各地的神社内或公园里，都搭起了舞台，张灯结彩，灯火通明。人们不分男女老少，都穿上传统节日的"浴衣"，带上小圆扇，插上花头结，唱歌跳舞庆祝夏祭。舞台上日本太鼓敲响，震耳欲聋；舞台下地方民谣播放，人们翩翩起舞，尽情释放，不亦乐乎。"盆踊り"的民谣多得数不胜数。各地方都采用本地的民谣。如东京有《东京音头》《东京奥林匹克音头》等，北海道有《北海盆歌》，冲绳有《村祭》《江户祭囃子》等。

日本有名的夏祭有"青森ねぶた祭""仙台七夕祭""秋田竿灯祭""京都府祇园祭""大阪府天神祭""德岛县阿波踊り"等。1996年夏天，我们全家自驾去东北地区，参加了"青森睡魔祭"的祭典，还观看了"仙台七夕祭"和"秋田竿灯祭"。

在日本，每年的各种节日，包括"夏祭"，都吸引了众多的外国游客前来旅游观光。尽管我们中国人身在异乡，尽管我们也知道这些行事大多来自中国的传统文化，而且日本方面在做活动的宣传广告时也毫不掩饰地说明这些行事的历史文化来源，但每年我们都还是会带着极大的惊喜和感动来参加这些活动。这些活动有时也会使我们有种"错将他乡作故乡"的感觉。因为这个国家的太多文化都在我们的国语词典中可以查到。与此同时，有时我们回中国探亲，看到国内的物质丰富，可以说是应有尽有，不比这里差，感到中国人的物质生活真是今非昔比。国富民强，我们由衷地高兴。还有近几年我们所到之处，看到在公园里、湖岸边、广场上，不分男女老少大家都自由奔放地跳街舞、玩麻将、打扑克，自由自在地展示着自己的文化特色，体现了人民的文化娱乐生活丰富多彩。随着时代的发展，我们感到中国的传统文化将与日俱进，得到继承和升华。

神奈川县川崎市的"ミニストップ"

我的第三份工作是"ミニストップ"（迷你岛）店员。这份工作一干就干了15年。

如果说我选择的第一份工作是出于无奈，因为那时初来乍到，语言不通，而又生活所迫。第二份工作是出于机遇的盛情难却，也是因为刚来不久，缺乏自信。这第三份工作可以说是我的自主安排，因为那时我已当了三年"专业主妇"，且经历了多年的在"公民馆"的日语扫盲训练再加上自学和通信学习教育，使我对语言能力有了一点信心。我认为，一个女人，无论是在家庭中还是在社会上，不但要有平和的心态去接受现实，而且只要条件允许，在任何时候都要努力进取以不失自立自信和自尊。

1997年，我们搬家来到了川崎市。日本的新闻报刊社的营销外交人员立即登门造访，推荐订阅他们的报刊。日本的家庭几乎都有订阅报刊的习惯。订阅最多的是《朝日新闻》《读卖新闻》《每日新闻》和《东京新闻》等。月费3500日元左右。为了诱惑你长期订阅他们的报刊，最初他们往往会送很多礼品给你，如挂钟、花台、壁画等，每个月还分别送来洗衣粉、电影票等。各新闻社都各显神通想尽办法以保持与用户的关系。订阅报刊的好处，除了能及时阅读了解新闻外，还有更多的附带信息随报刊而来。每天都有很多广告纸夹带在报纸中一起送到家中，如购物、展销、外卖、招工、见学等。这些信息有全国性共通的，也有地区性的，在那时还没有互联网的时代，不少主妇都是根据这些宣传广告来进行购物持家的。

一天，我在报纸的广告中发现了一张"招工"广告，工作地点就在离家不远的地方。自1995年因搬家辞掉了幼儿园的工作后，我已当了三年的"专业主妇"。当时正好女儿进初中一年级，学校离家里很近，于是我就想试试看能不能重新开始工作。于是我拿着广告纸，找到了这家招工的地方。

日本的便利店有很多，多集中在城市中心和人口居住的繁华地带。"ミニストップ"株式会社成立于20世纪80年代初期，发展至今在国内已拥有2200多家，在国外的五个国家拥有2600多个连锁店，包括中国的山东省。行业排名位居第五位。广告上的这家店位置离我家不远，在热闹的住宅区内，周围有几家有名的企业。店面不大，但很整洁干净。店内商品琳琅满目，一目了然。我走进店内，一位20多岁挺着大肚子的女性接待了我，告诉我她是这里的经理。此店由他们夫妇二人经营，24小时营业，有工作人员10多人。这个月她要回家生小孩了，所以要招工作人员。她发给我一张表格，让我回家填写，明天再来接受面试。

拿着表格我回了家，有点犹豫不知怎么样填写才好。说实在话，对于这种服务性的工作，我觉得自己不是很在行，且自认为自己的脾气性格也不是很适合做这项工作。但我想找一个离家近一点的而且工作时间可以自由选择的工作，这样既可以适当工作又能够保持自己自由的空间，还可以适当照顾家庭。不能像有的工作那样必须每天工作八小时。以前曾听一位朋友说过，想要找到一份自己认为合适的工作，可能各方面要求会要全面点。有的地方也讲究一点学历，更多的则是重视工作经历和经验能力。

我填好表，特别将我曾经在东京的大型中华料理店的工作经历重点做了描述。第二天去接受面试，一位近30岁的男性接待了我，他是这里的店长。果然，他看了我写的经历后，马上说我们这里就是需要有做过服务性工作方面经验的人，你下星期来上班吧。

我又懵懵懂懂地来到了一个新的环境，从事一份我从未做过的工作。

上班第一天，经理让我看录像，接受就职从业教育。这是一个新建不到两年的连锁店，经营各类生活用品包括食品材料和快速食品。服务对象是一般市民，24小时营业。每天的工作是接待来店购物的客人、管理现金、管理物资、整理整顿店容。工作顺序和工作内容都用一张表格按时间排列规范，工作人员上班后按表格所写的要求进行。工作时分二人制，互相配合，共同监督。

我选择了从中午12点到下午5点上班，每小时800日元。这样工作地点离家近，上午可以在家安排好家务，下午下班后可以马上到家准备晚餐，等待家人回家团圆。

在日本，24小时营业的便利店很多，走到任何地方几乎都能遇到。工作环境安静干净，工作时间可自由选择，工资相对一般超市和其他服务行业来说也不低，最重要的是工作稳定，可以长期坚持下去。这些是我决定试试看的最大理由。

从表面来看，我以为在这里工作会比较简单容易，没想到这个便利店的工作对我来说还真的是在短时间内难以适应的繁杂繁忙的工作，是一个既费脑筋又熬体力的工作。

首先是现金和物品的管理。刚开始我根本没想到，每天的工作没有店主或负责人陪同，就是由与我一样的一般工作人员两人一道具体负责，互相协作进行。保险柜中每天有几十万日元的现金，钥匙交由我们掌控。两个收银台每天也有近百万日元的现金出入，也都由我们管理。我来这里工作，没有被要求出示本人的护照身份证，也没有提交任何证明，只按要求填写了发给我的一份表格。被录用上班时，我以为就是让我干一些具体普通的事，没想到财务物品都让我管。我有点惊讶，他们怎么会这样地信任一个人，这么放心放手地让人工作？后来才知道，不仅仅是对我个人，日本几乎所有这种类似的工作对所有的人包括对外国人都是这样的管理模式。

刚开始，我感到这份工作责任重大，压力不小。除了金钱物资管理有压力以外，工作节奏上也感到非常地紧张疲倦。头痛脑昏腿发胀，一整天必须站立着工作，而且要不停地走动、迅速地行动。特别是我选择的工作时间段的中午两小时，好像是在进行争分夺秒的竞争比赛。

附近有几家大型企业，职工们的午餐休息时间一般是一小时。一到中午，这些职工争先恐后地拥向附近的饮食店吃饭。有的则来到方便店购买"弁当"拿回单位用餐。每到12点，店内都挤满了人，排成几列长龙般的队伍，拿着"弁当"等待付款加热后返回工作岗位。时间有限，我们不敢怠慢，飞快地收钱，尽快地将"弁当"放入微波炉内加热，然后呼唤着客人将食物返回到他们的手中。这段时间是每天营业额最高的，也是体现本店与他店工作效率、服务质量从而吸引客人长期来往的关键所在。

"麻雀虽小，五脏俱全。"便利店经营的业务广、科目多，光是日用小商品就有上千种，每一种的名称、用途和摆放的地点你得记清楚，这样才能保证工作效率，满足用户需求。

便利店还是"宅急便"的代理店，代办托运行李、寄送包裹。寄往机场的受理方法不同。特殊行李如高尔夫用品和滑雪用品等有特殊要求。一般行李也要分门别类，区别地点和发送时间。

便利店还是邮政局、电信局的代理店。特急件、国际通信邮件要与一般邮件区别受理，还要受理国际电话、国内外传真、国内电报业务。

便利店还是旅行社的代理店，代购机票、代购旅游景点的门票、代购大型演出的门票等。

便利店还是书店。这里有上百种书刊杂志，有近10种报纸，几乎天天更换。售不完的可以定期办理返品，退还给出版发行单位。

便利店还是政府行政机关一些业务的办事处，代收各种税金、保险金和居民日常生活消费的水气、燃气、电、通信等费用。

便利店还是警察局和地方自治管理机构的协作店。公民在紧急情况下如遇追踪、抢劫等时，便利店要保护当事人进店避难，及时报告警察局等。

对于这些特殊的业务，我们都要经过专门培训，定期接受考核，每年都要签订工作合同，包括对客人个人私密的保密合同。因为来店的客人基本都是常客，通过长年的来往我们可以从客人的一些业务中了解很多属于个人情报的信息。

世事炎凉，人情冷暖，我在便利店的工作中看到了、学到了不少。

便利店对食品安全的管理严格，规定细致繁多。除经营者自觉遵守之外，监查机构也严格执法。如牛奶、新鲜鸡蛋之类的生鲜食品，规定在标注的赏味期限（最佳品尝期限）的一周之前要撤货下架，废弃处理。一些果子类，如巧克力豆、炸薯片、饼干等零食类食品，都规定在标明的赏味期限内的一个月前或三个月前就不能贩卖，要废弃处理。因为客人将这些食品买回家后有可能不会马上消费完，如果买回去的食品赏味期限太近，在存放期间造成因食物过期而引起食物中毒的可能性大。特别是如"弁当"、葱菜等熟食类食品，要求更加严格。一天有三次在规定的时间内检查赏味期限，在标明赏味期限内的两小时之前要撤下货柜，废弃处理。

对于这些食品规定，废弃处理，刚开始时不光是我，就是土生土长的主妇同事们也不能理解。所有废弃的食品都是在严格的温度管理、卫生管理的环境下保管的，在赏味期限内贩卖和食用根本不会有食物中毒的可能。当我们将这些物品撤下登记，然后装进透明大垃圾袋中扔进垃圾箱中时，大家都会感到心痛，都感到这是一种浪费。但我们还是得按规定这么做。

在日本，我确实没有见过乞讨的穷人。无论是老人、残疾人或小孩。但这并不意味着这里的人都是丰衣足食、安居乐业的。我多次见到过我们亲手废弃的食物，被人从垃圾箱中提出拿去食用。在东京羽田机场对面的多摩河边，至今还有无家可归的流浪者用废旧物材在杂木林中支撑着蓝色的油布搭成一间间小房，长年生活在那里。20世纪90年代后期，日本泡沫经济崩溃，不少企业破产，特别是有些个人企业经营者，为了逃债，背井离乡，隐姓埋名。当时有一句流行语叫"夜逃屋"，说的是为了逃债躲债，趁着夜深人静时离开自己住的地方，隐姓埋名，成为流浪者。这确实是反映了当时的社会现象。当时东京的地铁通道内、上野公园里都出现了众多的流浪者用蓝色油布铺垫搭成的简易住宅，成为当时日本东京的异样风景，令不少外国人游客大为震惊。

来便利店购物的多为老人和单身男女。长年累月，我们互相成了熟人。有一位60多岁的单身男性，几乎每天都来买食品和酒类。有一天，我见他摇摇晃晃地进了店门，脸色发青，脚步不稳。当时正值炎夏，他口中念叨着"热热热、太热了"，径直走到酒架上拿了一小瓶日本烧酒。我见他身体有点反常，就劝他不要喝酒，改为买一个"手饭团"吃。他不听，执意买了酒，又跌跌撞撞地出去了。第二天我没见他来店，第三天仍未见到他，我将此情况告诉了同事。她也觉得奇怪，她与这位客人住在同一所公寓内，于是她答应下班后去看看。第二天这位同事告诉我，那天下班后她去那位客人家敲门，无人回应，于是从自己家中拿来凳子爬上窗户看里面动静，闻到一股臭气，看到那位客人瘫倒在门内，她立即报警。这老人孤身一人居住，大热天房内没有空调设备。警察说是两天前因病死亡。

还有一对年近八旬的老夫妇，每天都互相搀扶来店购物，有时购买食用水等重物时，我们都帮助他们送货到家。阿婆也经常带一些地方土特产或零食来店给我们尝鲜。有一天，阿婆一个人来了，说是阿公因病住院了。不久后两人又一起结伴而来。没过半年，又是阿婆一人来了，说是阿公旧病复发，又住进了医院。一个月后，两人一起来到店内。这次阿公向我们说，他因患脑梗死曾两次住院抢救，多亏阿婆照顾及时才免于死亡。这次出院时医生嘱咐，还有复发的危险。他已向阿婆和自己的女儿及亲属们表示，如果下次再旧病复发，请不要送往医院抢救，因医院也无法根治好这种疾病，他不想再拖累家人了。阿公对我们说：

"请你们给我做证，这是我个人的自愿，如果我因病过世了，不要责怪别人。"果然，没过多久，我们又见阿婆只身而来，从此以后再也未见过阿公的身影。

有一位女子高中生经常穿着漂亮的校服、超短的迷你裙来店购物。这位女生高高瘦瘦的身材、齐肩的长发，妆化得很精致时髦。每次购物，她都选高档的食品，一次买的蛋糕总是达 10 多个。几乎隔一天就要来购物一次。后来有半年左右的时间没有见到她来店购物了。有一天，她又出现了，比以前瘦了很多。从这次以后的购物没有以前那么多了，有时候只是匆匆来店转一圈马上就离开了。有一天，一位客人向我们报警，说是看到一位女孩在店内拿了蛋糕后就直接出了店门。后来我们查看录像，发现仿佛是从前那位经常来购物的女高中生。店长指示我们不要轻率行动，要让她多次作案抓到证据后才能行动。

那天她又来了，趁我们不注意，拿起一盒酸奶几乎是跑出了店门。我们紧跟其后拦住了她，让她交出了店内的食品，将她带到了办公室问话。她不停地流泪不说话。店长开导她，让她说出偷拿店内物品的原因。刚开始她怎么也不肯说，店长说要报警后，她才泪流满面地说出了原因。原来她是都内某高校的三年生。去年以来，利用课余时间在某电话俱乐部打工，主要是进行男女之间的"援助交际"。每个月靠利用电话交谈轻易地获取金钱，享受生活。进入三年生后，要准备大学入学考试，父母也看得紧了，因此没有时间再去电话俱乐部打工赚钱，生活有些拮据，于是就采取了这种手段。她痛哭流涕地表示今后保证不再犯，也请求我们不要报警，因为报警后，在本人的历史上有污点记载，对她的升学和今后的人生会有负面影响。

看到她诚惶诚恐地道歉，店长和我们没有选择报警，只是请她父母来店领人，回家进行教育，之后再也没有见到过她。

经历了15年的这份工作，让我这个异国他乡的人妻有机会渗入到当地普通老百姓的生活之中，了解到他们的喜怒哀乐，也体会到这个社会的方方面面、人间真相。给我留下深刻印象的是我在这里工作期间所结识的便利店的经营者们，他们虽然称不上是企业家，但他们的那种以个人的平常心来创业、来个体经营的精神令我佩服和尊敬。

"ミニストップ"的经营方式有多种，我所知道的有两种：一是公司直接经营，即会社的社员直接担任某店的店长，负责店铺全面的工作，店铺的盈利和亏损也全部由会社承担；另一种则是由公司面向社会招聘店铺经营者为加盟店铺，公司与个人加盟者签订合同，二者按比例承担店铺经营的资金，也按比例获得利益分红和承担亏损。

我进入这家公司的第一个店铺经营者是一对年轻夫妇，二人均未到而立之年。我们称呼男主人为店长，女主人为经理。夫妇二人分两班出勤，分别负责晚上和白天的工作。听经理告诉我，他们夫妇大学毕业后均分别进入公司工作，曾是上班族的公司职员。他们结婚后不想做一个机器人式的社会人，想拥有自己的店铺，想做一个有自由发展空间的经营者，于是放弃了固定的工作，选择加盟了24小时营业的便利店。

我进店工作时，正是经理怀孕生产的前半个月。她们夫妇经营这个便利店刚刚两年。由于地理位置比较好，再加上管理经营和待人接物都反映不错，客源也多，附近大小公司的职员和住民都喜欢来这里购物，使店铺获得了不少收益，他们的收入也比原来在公司上班时的工资要多出很多。于是他们首付后再贷款购买了自己的住房，小夫妻高兴地准备生小孩建立自己的新生活。

我上班不到一个月，一天，经理抱着她未满月的婴儿来上班了。她将婴儿放在一个婴儿篮里面睡觉，篮子放在店铺的事务室里，自己一边工作一边照料小孩。我很惊奇地问她，你生孩子后还未过坐月子的时间，身体能挺得住吗？她说自己选择了这种职业，早就做好了思想准备，无论遇到什么事情都不能影响工作。

我在这个店铺工作了近五年时间。这五年中，经理连续生了两个男孩和一个女孩，每次都是在一个月之内马上进入工作。后来我听说他们夫妇双方都有父母，但他们不愿依靠、麻烦老人，都是自己一边工作一边将孩子送到保育园，下班后再去保育园接孩子回家。

后来我调到公司的一个直营店工作。这个店铺基本上是培训个人加盟经营者的基地，因此一年换一个店长，即加盟经营者在这里经过培训，具有个体经营者资质后由总公司分配到各地的店铺任店长和经理。

前来培训的多为年轻夫妇，也有年近五十岁、在大手企业从事管理工作几十年的老公司职员。他们都是怀有不同的个人梦想，想自由支配自己的事业和时间的人。其中有不少成功者。这里也有一对不到而立之年的年轻夫妇，在直营店培训一年后，先在东京新宿繁华区经营一个店铺，可以说他们是夜以继日地工作，开创了他们的第一号店的繁荣，成立了一个公司，招聘雇用了10多人为社员，在首都圈先后经营了四个店铺，获得了不少利益，然后自己当老板抓管理经营，将店铺交由社员运营。还有一对年过五十的夫妇，他们在知天命之年毅然放弃安逸稳定的职业和生活选择来当便利店的经营者，在神奈川县内的某一城市，由刚开始经营一家便利店，到后来自创公司经营多家连锁店，实现了个人梦想。其中当然也有不少失败者，他们由于各方面的原因，店铺经济效益不佳放弃店铺经营而倒闭失业。

我所结识的便利店的经营者们，都是一群怀揣小小的个人梦想，而从中寻找大大的个人价值，以此来寻求并得到莫大的人生惊喜和幸福感的现代人。

便利店的15年工作，在很大程度上矫正了我的人生观。和谐的家庭与和谐的社会一样，幸福的指数都是一样的，只是个人感受的不同决定了幸福指数的高低。

人的一生就是一个一边在失去一边在寻找的过程。昨天过去了，有失落，有无奈，要懂得放弃。明天会到来，有美好，有希望，要不懈地去发现、去寻找。小小的发现会给你带来大大的惊喜，在平凡中滋润一颗平常心。

中国残留妇人第二代小林顺子女士

我认识一位在日本的中国残留妇人的后代，她的名字叫小林顺子。20 世纪 30 年代，日本发起"满洲事变"，扶植傀儡政府在中国东北成立了伪"满洲国"。随后日本派遣大批农村人口移民中国，号称所谓"满蒙开拓团"，先后有 27 万日本人来到了这里。小林顺子的母亲就是在年幼时随父母一起来到中国的。日本战败后不少日本人撤离了中国。有不少小孩却遗留在中国，被称为"残留孤儿"。这些小孩大多被中国家庭收养，抚养成人。1972 年 9 月中日恢复邦交，"残留孤儿"问题引起关注。但日本政府应对缓慢，直到 1981 年日本政府才制定政策开始接收"残留孤儿"回国。

至 1993 年止，日本政府还规定申请回日本的"残留孤儿"必须要有在日本的亲族的同意认可后才能回日本定居。回国定居后的四个月之内，在"残留孤儿回国定居促进中心"接受培训，主要学习语言和日本人的生活习惯等。

国家发给支援金 16 万日元。学习期满后，自己进入社会寻找工作。但不少人由于语言障碍，再加上社会上的一些不知缘由的偏见，很难融入日本社会，出现了一些回国定居的"残留孤儿"的后代犯罪和暴力恐怖事件。后来有一部由成龙、范冰冰主演的电影《新宿事件》就是反映的这一社会现象。同时也有一些年轻人为发泄不满情绪，在年满 20 岁，参加日本一年一度的成人式上标新立异。

1995 年前后，日本作家山崎丰子发表了以描写日本"残留孤儿"为主题的长篇小说《大地の子》，后拍摄成长篇大河电视连续剧，在日本国营 NHK 电视台黄金节目时间段中播出。这部作品，在日本社会引起巨大反响，使现代的日本人了解到"残留孤儿"产生的历史原因，为中国人无私收养日本"残留孤儿"的行为所感动，赞颂和尊敬中国人民对日本国民的宽容和友爱的人性美德，也使不少人重新反省侵略战争对两国人民造成的巨大伤害，重新关注中日友好的历史渊源。日本政府也重新制定和修改了不少有关促进中日友好、改善日本"残留孤儿"生活的政策。2000 年开始，日本政府派人到中国，两国政府携手共同调查安置处理好"残留孤儿"问题。到 2009 年止，回日本永住的"残留孤儿"达 2536 人，他们的子女亲属达 6779 人。

小林顺子五姐弟在 20 世纪 80 年代初期随身为日本人的母亲和身为中国人的父亲一起，先后来到了日本生活。

她也和众多"残留孤儿"的后代一样，有着对过去生活的辛酸回忆和对未来日本生活的美好向往。在中国的 20 多年中，她说虽然因母亲的出身问题影响过她的升学，有过一段痛苦挣扎的过程，但凭着她的聪明好学在工作单位得到认可，照样当上了干部，有一份自己喜爱满意的工作。当她和丈夫带着 3 岁的女儿来到日本定居生活时，一切都得重新开始。语言不通，生活不习惯，生活无保障，他们只能在中华料理店和建筑工地打工。繁重的体力劳动使她那出身于中国高干家庭的丈夫不堪忍受，后发展为自暴自弃吃喝玩乐。他们经过几年的煎熬后终于离婚，家庭的解体使她们在日本的生活更加艰难，她一个人带着大女儿靠打钟点工艰难地生活。

一年后，经过婚姻介绍所的媒介，她与一位离过婚的日本男子再婚，带着自己的女儿住进了日本丈夫的高级公寓，与他的未成年儿子一起生活。她辞去了长年累月的打工工作，当上了"专业主妇"，过上了曾经羡慕向往的日本太太"相夫教子"的生活。日本丈夫每月给她固定的生活费，他的工资收入及家庭财产她一概不知，也无权过问。

每天早晨她一个人最早起床，煮饭熬汤为儿子女儿做"弁当"。心想只求能安安稳稳地过好今后的日子，让儿女健康快乐地长大成人，自己吃点苦也能坚持忍耐。没过多久，她发现自己挂在家中衣柜里的大衣被剪破，自己骑的自行车轮胎也被扎破，家中厕所里也被弄得肮脏不堪。

她认定这是她那日本丈夫的儿子所为。他在用这种方法拒绝反抗这位"中国后妈"。

又没过多久，自己的女儿哭着不肯去学校，说在学校里女孩不与她交往，男孩扯她的头发拉她的裙子。再后来，女儿未婚怀孕，结婚后又离婚。为了保护女儿及外孙，她将他们安排在自己家里共同生活，由此与日本丈夫和儿子产生了新的矛盾。

同时，随她前夫而去的小女儿也经常找她哭闹，她不愿意随其父与后母一起生活。一连串的事情，使她身心疲惫，夜不能寐。有时她黯然神伤，有时她声嘶力竭。去医院看病，医生劝她多与人接触，放开心境，接受自然，平和心态。于是她不顾丈夫的反对，自己去学校培训几个月，学会了手推按摩，在繁华区开了一家按摩店。经过一年多的经营，她用经营按摩店赚来的钱，到中国内地买了一套住房，两地来回居住。现在她已年过六旬，儿孙满堂。

中山美华一家人

我还结识了一对中国人夫妇。两人中国国内大学毕业后进入国家机关工作，可称得上是国家优秀人才。丈夫只身来日本自费留学，毕业后就职于一家日本有名的公司。之后妻子带着小学毕业的女儿也来到了日本和其共同生活。女儿也很优秀，在日本的普通高中毕业后，参加托福考试去了美国的一所著名大学。毕业后又回到日本就职于日本的一家有名的公司。女儿还边工作边在日本早稻田大学读研究生。女儿的日本名为中山美华。我问她为什么给女儿取一个这样的名字。她笑着回答我说，很简单，就是出生于中国山东美丽中华的意思。

我不仅羡慕她女儿的学业优秀，更佩服她本人的贤良能干。她和许多中国已婚女士一样是以陪读生的身份来日本的。刚开始，她与我一样没有去日本的专门语言学校学习，而是在市公民馆、国际交流会所等地与当地人交流学习，边学习边打工边照顾家庭。一周三天她在中华料理店打工，她手工做的饺子、烧卖、小笼包是我吃过的最好吃的。饺子皮、烧卖皮、包子皮全是自己手工制作。每次去她家，她总是热情款待让我吃个饱，还盛情地让我带回家一些。除此之外，她还一周一次在国际交流会所教授中国语。在50岁时，她又参加学习老年介护护理并取得资格认证，之后每周一次去老人院从事老人介护护理工作。

在家里，她是名副其实的贤妻良母。家务事她一手包揽，家里总是干干净净、整整齐齐。直到现在，丈夫和女儿都是带着她亲手做的"弁当"去公司和学校。家里来客人，所有菜全是她亲手制作，从来不去叫外卖。做出来的饭菜精美合口味。最让我感动的是，除了做好这些之外，她还先后将自己弟妹的子女三人分别办来日本留学，轮流住在自己的家中，在生活上给予关照。

　　每次去她家，她家的阳台上、走廊边都堆满了大大小小的纸箱子，装满了大米、玉米、黄豆、土豆和一些这里比较贵重的农副产品。我问她怎么买这么多囤积在家里。她告诉我，这些都是她的弟妹们从国内寄来的，以援助和感谢她对他们子女的照顾，以感谢她能帮助自己的子女在异国他乡能生活在亲人的身边。

　　她对我说，现在的工作环境虽然不比国内，但我们是随着时代的潮流在行走的一家人。各尽职责，不分彼此。自己虽然辛苦点，又多操心一点，但看到下一代人也在努力，生活得会比我们更好就感到欣慰。现在弟妹们将子女送到了我们这里，也可以说是对我们的一种信任。而我们只是这里的一般住民，自己在这里买了房，每月要还银行贷款。在国内也买了房，准备老有所归，还没有装修。弟妹们的小孩来这里也只是暂时住一段时间，我就担心照顾不全面产生误会伤害骨肉之情。现在国内生活水平提高了，大家都是独生子女，都有个性，对生活有不同的追求。尽力而为，是我们的本分。尽善尽美，才是大家的造化。

　　她是我十分佩服的一位通情达理、贤良能干的好相知。

第四章　持家永住

　　来日本后，至 2000 年止，我们一共搬了五次家，分别是四个不同的城市。

　　现在的日本与中国一样，有户籍制度。所不同的是，在日本，无论你出生在什么地方，你申请居住在什么地方都可以，只要你具备那个居住地的固定住所，就可以成为那里的有户籍的居民。

　　在市役所和区役所（相当于中国的市政府），都有办理手续的登记窗口。登记窗口分两种形式，外国人登记处和日本人登记处。外国人初次登记时，带上本人的护照，上面必须要有日本外务省的合法签证记录。同时在申请表上写上自己的住址就可以了。住所可以是自己持有的房，也可以是租借的房或者与朋友亲戚合住的房。提供这些资料填写好申请表后，马上就可以拿到"外国人住民登录证"。2014 年，"外国人住民登录证"统一改为"在留カード"（在留卡）。上面有本人照片和手印，记载有本人姓名、性别、出生年月日、国籍或地域、在日本的住居地、在留资格（永住者或短期滞留等)、就劳制限的有无、在留期间(从什么时候开始到什么时候结束)和取得签证许可时的时间及本"在留卡"的有效期限。办理好这些手续后,你就是这里的住民,每月得缴纳"住民税"。住民税按照本人的收入所得来计算提取。公务员或会社员工及所有有固定收入的人员的所有税金或各种保险金等,均由所在单位每月在工资中按比例扣除。自营业者或自由职业者则是个人拿着市政府每月寄来的纳税通知单去银行或方便店自觉缴纳。缴纳的金额也是根据本人每月上缴的个人所得税额按比例确定的,如果没有达到上缴个人所得税的标准,市政府就不会向你发出个人缴纳地方税的通知,这项义务自然就免除了。留学生及其家属基本都是免除对象。

另外,如果纳税人没有按要求及时交税的话,市政府会反复发通知催促,必要时还会采取强硬的行政手段,派人来到住所,将家里值钱的东西拿走,在法定的场所进行拍卖后抵当个人税金。这种情况虽然少见,但有时我们也会在电视上见到。

鹿儿岛市"日高莊"

我在日本的第一个家,是鹿儿岛市中心不远的一个山丘上,叫"日高莊"。"日高"是"大家樣"(房东)的姓,一个40多岁的日本单身男人，住在我们隔壁。整个住宅共四套住房，我们住在靠东边的中间，一个六叠半的和室很宽敞明亮，单独的厨房、单独的厕所和单独的浴室浴缸。月房租2万日元。隔壁的邻居好像是一对年轻的夫妇，能听到婴儿的啼哭声，我们没有交往过，因为我不会日语。

当时还是鹿儿岛大学留学生的夫君，整天忙于勤工俭学。每天早上5点起床，骑着摩托车去很远的渔港，帮渔民从船上卸货分装后又匆匆赶到学校上课。下午从学校回来，稍做休息，又骑着摩托车去市内的一家肉类加工厂打工。我初来乍到不懂语言，不熟悉环境，又无熟人朋友，整天无所事事，感到无聊至极。每天一只老猫总是围着我家门前转，发出"喵——喵——"的声音向我打招呼。我羡慕猫，没有语言障碍，无论走到什么地方，都是发出同样的声音，可以无拘无束，无师自通。

走过我住的地方，前面多是"一户建"住房，即独家独院的住宅，多为二层木结构。有的家门前后，有用白色线条画成的印记，写有"私宅用地"。我外出散步时，走到这里就绕道经过。我不懂这"私宅用地"的具体含义，担心因无知造成"私闯个人住宅罪"。

越过"私宅用地"，就是山顶。站在这里可以隔海相望樱岛火山，一股硫黄温泉的气息随风飘荡，还有夹在微风中飞来的火山灰尘有时会飞进你的眼睛，贴在你脸颊上有点痒痒的不好受。每天我一个人站在这里，有时要站很久很久。这时候不需要有人陪同，一个人可以任性地胡思乱想，想过去，想现在，想未来。

山顶上有一古旧的"温泉风吕"，即温泉澡堂。接近黑色的木板建造，低矮的屋檐，进门口处挂着一张中间开口的蓝色的门帘，上写有白色醒目的字。我看到有不少人身着传统日式浴衣、额头上扎着白色毛巾、手提包袱低头从门帘中间掩面而进，使我感觉到好像是见到《水浒传》中的绿林好汉进入某个神秘的酒家。后来听人告诉我，不少人手提的包袱里面装有衣物及浴室用品，用来包裹的那条方巾叫"风吕敷"。

一天，夫君说带我去泡"温泉风吕"，我连连摇头说不去不去。我不懂泡温泉的规矩，怕出洋相。更害怕的是男女老少共泡浴场，那场面简直不想象。

夫君说这里不是男女混浴，很规矩，不用担心。于是我和他一起来到门帘处，进去后，脱掉鞋子放入鞋柜。然后买票，一人100日元。里面又有两个门帘，蓝色的写着"绅士"，白色的写着"妇人"。夫君将我托付给管理澡堂的阿婆，告诉我跟着她们进去，看她们怎样做你就怎样做。我小心翼翼地有样学样，先坐在小矮凳子上用淋浴洗净身体。这时那位管理澡堂的阿婆来到我的身后，拿着毛巾要给我搓背，吓得我连忙将毛巾遮住身子躲避。我看到周围也有不少人都在互相搓背，冲洗干净后将身子缓缓地浸泡于大浴池中。大浴池里已有不少人浸泡其中，她们将毛巾缠在自己的头上，将头发裹在毛巾里面。有的在闭目养神，有的在互相小声交谈。我也轻轻地进入浴池中，看到浴池边墙上挂有一木牌子，上面写着温泉的泉质成分及入浴方法和水温——41℃。除了日语的平假名片假名我看不懂意思外，日本的繁体汉字与中国字相同，我想意思也就差不多。在浴池中我泡了不到五分钟，就感到心跳加快、头脑发热，赶快上来，穿好衣服匆匆地回了家。后来听人说，刚泡温泉时，最初身体不适应，会有心跳加快头昏脑涨的感受，多泡几次之后就会感到全身轻松、筋骨舒适、身心愉悦，是一种极乐的享受。

鹿儿岛市是一个依山傍海的美丽的南方城市，气候温暖，四季花开。我们有时骑着自行车，去海边散步，去海族馆观鱼。我在这里生活了三个月，就随夫君移居到了东京。

东京都国立市"土方荘"

1989年4月，樱花盛开的季节，我们从鹿儿岛市搬家到东京都国立市。搬家时，住在我家附近当时是湖南湘潭大学公派留学生的唐伟男先生，特地起了个大早来为我们送行。我们搬家的行李很简单，两个行李箱，一个大纸箱里装的是书籍和一些日常生活用品。最贵重的就是鹿儿岛大学宫回甫允先生送给我们的打字机。

我们从鹿儿岛空港乘飞机离开，谷口彻二先生让他在空港工作的女儿谷口千代子小姐为我们代购了飞往大阪的特价机票。先生和女儿还特地手捧鲜花来机场为我们送行。宫回甫允先生专程从鹿儿岛赶来大阪，带我们一起去位于大阪市的"山喜株式会社"，拜访这家公司的宫本先生，表达对这家公司两年来为夫君提供奖学金的感谢之情。之后我们告别了宫回甫允先生，两人坐新干线途中下车，顺便来到了京都这座古老的城市观光。我们游览了岚山，瞻仰了周恩来总理的"雨中岚山纪念诗碑"，还参观了"京都东映太秦映画村"等。为了能赶上第二天早晨的新干线，也为了能节省开支，我们选择不住酒店，两人到附近的电影院看晚间电影至半夜，然后在京都驿（车站）内露宿了半晚，次日来到了东京都国立市。

我们住到东京都国立市西边一个叫"土方荘"的普通民房。二层木结构的二楼，一间四叠半的厅房兼睡房。厨房小到只能站一人。洋式厕所坐下来后额头就会顶到厕所门。没有浴室，月房租18000日元。木制的楼板，走路时吱吱作响，木板墙壁隔音效果差，隔壁的说话声响也能听到。可能这里住的多为大学生，几乎家家门口都堆放着不少免费的就职指南书和广告杂志等。我们来这里后的小型家具如书桌、椅子及电视机、小冰箱等，都是从附近的一桥大学留学生会馆中拿来，或者是从市内粗大垃圾管理处捡来的。

　　1990年春天，就是在这间房间里，夫君兔先生经历了一场赶考大学院的磨炼。东京亚细亚大学是位于东京都武藏野市境内的一所私立大学，与世界10多个国家签订有留学协定，其中中国的有北京师范大学、大连外国语学院和香港中文大学、台湾淡江大学等。报考大学院时，他的年龄已超过38岁。听说在他以前有一位留学生也是报考这个学校，连续报考两年都没有被录取，导致身心疲惫。还有一位留学生，虽然考进了大学院，但却在大学院连续努力学习了三四年，仍没有拿到学位证书，为此日本外务省不给续发留学签证，只好学业半途而废遗憾回国。在这样的气氛中，在这个四叠半的房间里，夫君停止打工一个月，夜以继日地读书，准备赶考。这也可以说是背水一战。因为如果没考上，我们也就不可能再取得留学签证。断了留学的路，我们就没有理由留在这里，只能打道回府了。

　　那时候出国留学的机会极少。如果我们仅仅是抓住了这个出国的机会，没有学有所成，没有拿到学位而半途而归，这对我们来说简直是"无脸见江东父老"。当时确实也有个别人迫于这种压力而精神崩溃的。

　　每天晚上我打工回家，他都在房间挑灯夜读。我展开"敷布团"睡垫摊在他的脚下边睡觉，我不敢翻身乱动，怕弄出声音来分散他的注意力。他的脚也不敢挪动，担心踩到我的脸，打搅我的睡眠。这个小小的四叠半的房间，放下一张大大的书桌，就剩下我两睡觉的空间。在他的脚边，带着梦想，我甜甜入睡；在我的身旁，朝着希望，他孜孜不倦夜读。这个房间是我们结婚后也是我一生中住过的最小的房间，也可以说是我们迄今为止两人的心贴得最近、身子靠得最近的地方。

也许是他的底子厚、运气好，也许是功夫不负有心人，他的大学院考试引用日本人的说法是"一发合格"。20多位考生中就录取了前四名。在入学面试时，面试官看到他这么大的年纪，听着他操一口不地道的日本话，都惊讶地表示为什么他的试卷会考得那么好，就好像是将先生的书抄在自己的本子上一样。之后经过两年的学习，他又顺利地通过了考试取得了企业经营管理硕士学位(MBA)。那年他已年满四十，进入了不惑之年。拿到了学位，我们都异常高兴，我试着对他说再去试试你的运气，看看能不能考上博士。他说男子汉要养家糊口，现在只想找工作。我估计他是想在另一方面再试一试自己的实力。因为我们在国内参加企业高层管理干部培训班时学习的几乎全是日本企业的管理方法。那时我们就曾经说过有机会一定要到实地来体验体验。于是他的导师杉本常先生专门为他写了一封找工作的推荐信，其他先生也为他牵线搭桥。经过多方努力，最后他还是选择了自己联系的一个理想的工作单位。想当年他辞职离开单位只身赴日自费留学的时候，单位领导除了积极支持他为他写推荐书之外，对他还多了一份爱护和担心。因为他的中学时代是在"文革"中度过的，青年时期是在农村当知青和在工厂当工人过来的，上大学时是国家最后一期"社来社去"的工农兵大学生。大学毕业后回原工作单位当现场技术员、车间主任和工厂副厂长。在基层工作忙忙碌碌了近20年，他具备的应该是基层工作的实践经验，缺乏的却是正规系统的学问研究。而当时他是在这样的基础上，在接近不惑之年的时候出国留学的，还是自费留学生。不少熟悉他的人担心他这样懵懵懂懂地出去闯荡，像他这把年纪和这种经历的人，就算是赶上了这个"出国潮"，也不一定就有把握能握着这张"船票"顺着这股潮流找到港湾出口。

他的这段求学和求职的经历，好像印证了一种说法，即一个人经过不同程度的锻炼，就会获得不同程度的修养，得到不同程度的效益。关键是你要有求学奋进的愿望去追求，要有敢作敢为的精神去行动，要有坚韧不拔的意志去坚持，还要有审时度势的胸怀去把握。这样，事情的结果往往看似一切尽在意料之外，却全在情理之中。

东京都国立市"有美荘"

在"土方荘"住了不到一年，我们又从国立市西搬家到了国立市东的"有美荘"。这里月租2万日元，住房比以前稍微大了一点点。

我们的楼上住了一位来自上海的男子留学生，20来岁。他经常放一些中国乐曲，有时我们在楼下也能听到，因此就知道了楼上也住着中国人。他在新宿的一所日语言学校学习，准备考过日语一级后再考入日本的大学读书。他想努力考进日本的国立或公立大学，因为日本的私立大学的学费是国公立的两倍或三倍，年学费高达近百万日元。如果再加上生活费、交通费和房租等费用的话，每月的开支需要近20万日元。这些全靠个人打工挣钱来维持。他每天早上6点至9点去一家24小时营业的便利店打工三个小时，每小时900日元。然后上午去日语学校上课半天。下午3点至晚上10点，又去一家中华料理店打工，每小时800日元管吃饭。周六周日学校休息，他去搬家公司打工，每小时1000日元。日本法务省明确规定，留学生的打工时间一周不能超过20小时。超过了被查出来后不但要扣缴税金，还有取消留学生资格遣送回国的可能。但是昂贵的学费和生活费，使这些从第三世界发展中国家来的穷留学生们不可能承受，只能默默地、偷偷地分多处地方打工挣钱来维持现状。

住在我们家隔壁的不知道是什么人，几乎每晚都能听到男欢女笑的声音。再过去一间隔壁房间，住着一位看上去年过五十岁的画家，对人热情。我家夫君进去过他的住房，满屋油漆味，板材画纸随处可见。回来时带来一张明信片，是一张在东京银座举办画展的请柬。很遗憾我们没能去成。这张请柬我们保存至今。现在我们还在想，这位画家是不是还住在那间房子里精心作画？是不是还在东京银座举办画展？如果再有机会，我们一定去拜访。

在国立市"有美荘"住了不到一年，我们搬家住到了"ママの森幼儿园"园长的豪宅。在这里一住就是近五年。直到1995年，我们的女儿在国立市第三小学上完小学三年级，孩子的爸爸已工作就职并单身赴任，一人住在公司的单身寮（小屋）里生活了两年，我决定辞去幼儿园的工作，搬家到夫君的公司社宅全家团圆共同生活。

当时我们持有的因私出国的护照有效期限是两年。两年后本人必须去中国驻日本大使馆申办新的护照。中国大使馆位于东京都六本木。我只身从国立市出发，乘中央线电车到新宿转乘JR山手线到代代木，再乘地铁大江户线到了六本木下车。步行近10分钟，我第一次来到了大使馆办事处。大使馆办事处坐落在马路边，一栋很普通的房子，没有想象中的那样醒目。拿着旧护照，我在附近的自动照相室中花500日元拍了身份照片，与申请表一起交给了窗口的经办人。一星期后，我收到了新护照。新护照的有效期限延长到了10年。我翻开第一页，首先映入眼帘的是鲜红的国徽和写有"中华人民共和国驻日本大使馆"的印章。再往下看，我看到我的姓名、学历等都依然如旧，只是在"职业"一栏中，由原来的"干部"变成了"家庭主妇"。此时，我忽然感到心脏好像被哪根血管扯住了一样突然一阵发紧。拿着护照的手也感觉到仿佛气不足血流不到指尖而发凉，脑子里迷迷糊糊的，只感觉到像是丢失了一样自己珍爱的物件想要找回却又无能为力而不知所措地在发呆。

人生有很多无奈……

千叶县袖ケ浦市的公司住宅

1995年3月，我们从东京都国立市搬家到了千叶县袖ケ浦市的公司住宅。

这次搬家我们可以说是浩浩荡荡。日本的一些大公司都有这样的福利，即职工就职后因工作需要第一次搬家，搬家费用由公司承担。日通公司来了一部承载两吨重的搬家专用运输车，将我们的行李送到了我们的新住所。因是公司的职工住宅，互相认识，不少同事带着家属出来迎接我们，使我回想起了在国内住公司宿舍时的情景，似曾相识，备感亲切。同时这次搬家我有一种来日本后前所未有的释放感。虽然住的是公司的住宅，并不是自己所有的房子，但这是所有公司职工个人的权利所得，是一种福利，使我多少有一种在国内工作时住在公司职工宿舍时拥有的人人平等、互利互助的归属感。而我住在东京近五年的住宅，虽宽敞气派，引人羡慕，但那是友人对中国人的独特厚待，是一种偶然，也是一种恩赐，使我怎么也摆脱不了一种寄人篱下、亏欠人情的心理感受。

袖ケ浦市与东京都国立市是两个完全不同的环境。这里一派田舍风光。我们的住宅在山冈上，周围是一片荒地，一望无垠。看到的是杂树林，野草长得比人高。不远处有一片新建的"一户建"的住宅，但基本上没有卖出，空着无人住。附近有一个公园，除学校放假以外，平时基本没看到过有人在游玩。周围没有商店，没有学校，也没有医院。女儿上学要步行近一个小时。途中要翻过一个山坡，经过一个隧道后才到大路上。好在这里有一个习惯，即新学期开学后的前一个月之内，附近的学生都集体入校。早晨在指定地点集合，然后排队，由年长的带领年小的同学一起去学校。不管年纪大小，大家都自己背着书包步行去上学。尽管这里家家都有自家用的汽车，这里也有公交车到达火车站，途经小学校，但是没有一个人是乘公交车去上学的。夏天，大家都不打阳伞，晒着太阳，冬季照样穿着裙子或短裤。

我们住进了公司的职工住宅。这里有两栋公司的宿舍，四层的钢筋水泥结构，可居住近 100 户人家。每户近 100 平方米，月房租 15000 日元，这是东京都内租房价格的十分之一以下。但可能因为是环境偏僻交通不方便，有近半数是空房。白天男人们都去上班了，女人基本都是专业主妇。住宅前有一片荒地，从前有人在此开垦成了一片菜地，后来这片菜地的主人搬家离开了这里。几位主妇就邀请我一起瓜分了这片土地。我们在此种了很多种花，有郁金香、菊花、秋樱等，一年四季鲜花开放。后来我们又从菜市场买来蔬菜种苗，种上了茄子、辣椒、小松菜等，一年四季都有收获。我们自己做肥料，将落叶收集起来与土混在一起让其发酵，然后撒在菜地上，我们种的菜成了自家制的有机无农药无化肥的节能环保食物。我是个土生土长的长沙人，从来没有见过黄瓜花、苦瓜叶，更没有翻弄过土壤。刚开始我被土中的蚯蚓和一些不知名的白嫩嫩软绵绵的幼虫吓得胆战心惊。为了种好花种好菜，我几乎将市图书馆的有关书籍全部轮番借阅学习。图书馆没有的书，我就自己买。这时候日本人的主妇朋友告诉我，不用自己花钱去买，让图书馆帮你买就行了。原来这里的图书馆有一个规则，即本地住民可以向图书馆申请购买自己想看的书。只要你填上一张表，写上书名和本人的借书证号交由图书馆员办理，不久图书馆就会联系你去拿书。无论是买书和借书都是不需要付费的。用日本人经常说的一句话就是，这些公共设施的费用都是在我们自己上缴的税金中开支的。书看完后，也不用专门跑到图书馆去归还。在车站附近或者在公民馆或学校附近，有专门的还书邮箱，你将书投进邮箱后就可以了。另外，每周还有一次送书专车各处巡回，可以借书或还书。

1995 年我回长沙探亲时，女儿在长沙吃了丝瓜说很喜欢吃，要我带回日本去。当时日本人还没有吃丝瓜、苦瓜的习惯，在那里买不到。于是我又学着种丝瓜、苦瓜。公司住宅周围是用铁丝网构成的栏杆围墙，我将丝瓜、苦瓜种在铁丝网栏下面，让丝瓜藤、苦瓜藤爬在铁丝网栏杆上自由地延伸，开花时黄色的小花分外醒目好看，结果时一根根丝瓜、苦瓜吊在铁丝网上面又是一番可爱风景，引起大家的好奇。我将瓜果分享给大家试味，并告诉大家料理方法，还将我在书上查到的这些蔬菜的营养成分复印给他们。在这里，苦瓜、丝瓜以前只有冲绳方面的日本人有吃的习惯，首都圈内还没有流行。大家吃了我种的苦瓜、丝瓜后都说好吃，有的农家还将我的种子带回去在自己的菜地上大面积种植。

　　不久，长浦公民馆开办料理教室，请我去当中华家庭料理课的讲师。说实话，我从小缺乏家庭训练，直到来日本之前，我基本上都是吃父母做的饭菜。为了不负重任，我在家反复练习，写好菜谱，并将菜谱复印分发给大家。在公民馆料理教室里，大家互相学习，互相品味，从此在这里生活又为我增添了一份乐趣。

　　除了种花种菜以外，我们 10 多位主妇组织了一支羽毛球队，取名为"蓝色的蝴蝶结"。每周一次自己开车去体育馆练习球技，锻炼身体。这里交通不便，到电车站步行得花近一个小时的时间。公交车只有一条线路，一天只有几趟车次。要想多参加一些社会活动，自己没有交通工具就像缺条腿一样感到行动不自由。于是我决定去考驾照，想借此来扩大自己的活动范围。

我来到了市自动车教习所，申请学习考试汽车执照。教习所很热闹，大多都是年轻人。正好有一位看上去与我年纪相仿的女士也在办理申请手续，我赶紧凑上去也提交了申请。教习所的副所长山本先生迅速地看了我的申请表后很严肃地对我说，考驾照不单是考驾驶技术，还要考学科理论。这里只有日语教学，有不少本地人都是因为考理论不合格拿不到驾照的。按现在的行情，从开始申请到拿到驾照，要花相当多的精力来学习，而且费用也不少。特别是上了年纪的主妇们，基本上是自己多大年纪就要花与自己年龄相同的学费。听后我想，我已 43 岁，难道要花 43 万日元？所长说除了交基本费用 10 万日元以外，学科学习和技能学习都是按学时计算费用。如果考试不及格，要重新学习重新考试，所以要重复交费。听后我又想，如果所有考试一次性合格了，就不用交这么多的学费了，不管怎样我都要试一试。

学科学习共有三次考试，我认为对于我来说，第一次最难。从来没进过日本学校的门，掌握不好先生教学的方法，稍微一点疏忽，就跟不上学习进度。我不敢怠慢，先在家认真地学，默默地记，以跟上大家的学习进度。第一次考试，85 分合格，我正好考了 85 分。这一次，班上有三分之一的人要重新学习考试。在宣布考试结果时，教官都用异样的眼光看着我。我也没想到自己会"一发合格"，有点惊喜和侥幸。没想到第二次和第三次的考试，我都以超过及格分的成绩又"一发合格"。在计划的学习时间内我顺利地拿到驾驶证，共花了29万日元。

过了一段时间后，与我同住在公司宿舍的一位新婚妻子也去我考驾照的教习所学习。她回来后告诉我说，教官在上课时给大家讲了一件事，说是不久前有一位40多岁的外国主妇来此考驾照，大家都以为她会很难考取，没想到她学习很努力很成功，全部一次性就通过了，她能做到的，你们年轻人更应该努力做到，如果达不到要求不能指望别人手下留情。

有了这次参加学习和考试的经验后，多少增加了我对自己语言能力的自信。多年以来，我一直向往能进日本的学校学习点专门知识来充实和提高自己的文化素养。但是我还是有点纠结，现在我虽然已是专业主妇，不用外出工作了，但我已过中年，再去学校学习，我舍不得花去上百万日元的学费，而且就算取得了什么资格或学位，也不可能改变我今后的人生。想来想去，想到不给自己的游学人生留下遗憾，也趁着自己还有这么一点点求学的愿望，我选择报名参加了通信教育学习。交了10万日元的学费，花了一年的时间，完成了日语教师养成教育的全课程，取得了毕业证书。

袖ケ浦市长浦公民馆有一个由日本主妇义务工作者主办的日语学习会，义务帮助在住的外国人教授日语。这里有不少大手企业，如东京电力、日本石油、荏原制作所、住友化学等。国际婚姻组成的家庭不少。我们这些外国妻子们经常聚会于公民馆的日语学习会，在学习日语的同时，也介绍自己国家的文化，还互相交流各自的料理手艺或个人特技。比如，一位泰国的美女人妻的舞蹈很专业，一位菲律宾的年轻妻子的英语歌唱得很地道，一位中国台湾的中年夫人做的点心一直受到大家的称赞。大家像大家族一样欢聚一起，无拘无束，快乐开心。

森山协子女士和松本诗女士是我在长浦公民馆日语学习会结识的两位好朋友，两人均为家庭主妇，50多岁。她们既是我的日语老师，又是我人生修养的好榜样。她们结婚前都是受过高等教育后进入公司工作，结婚后成为家庭主妇相夫教子。小孩长大后她们又走入社会。森山女士在自家开了一个手工编织教室，自己边学习边教授年轻人。她还在学习英语、中国语，义务教学日语。我们结识后，她又组织几位主妇在她的家中开办"中国语学习会"，请我当讲师。我执意要义务教学，她们都十分客气地款待我，为的是要学习中国语。为感谢这些日本主妇义务工作者为我们这些外国人妻子的无私奉献，我也在自己的家里开办了一个"中国语学习会"，交流学习了一段时间，可惜因为夫君转勤而搬家，没有长期坚持下去。

1997 年 3 月，我们搬家离开了袖ケ浦市，森山协子和松本诗两位女士专程来川崎市探访。同年 6 月，我们三人相约实现了欧洲之行，留下了一生中难忘的纪念。

神奈川县川崎市的公司住宅

1997 年春天，女儿小学毕业。我们从千叶县袖ケ浦市搬家，来到了神奈川县的川崎市。

在日本，如果是私人找房租住，要办理一系列的手续。我曾经替一位中国香港留学生找过住房，深知在这里租房是既方便又困难。方便的是，这里不动产屋很多，便于寻找联系；困难的是，租房的手续烦琐而且开支也不小。首先，租房必须要签订契约书，契约书上必须要有保证人的签名盖章。保证人可以是父母亲属，也可以是同事朋友，只要他是住在附近的都可以。这个条件对于外国人来说就比较困难，初来乍到，举目无亲。其次，要有一笔开支。这里租房时，一般都要"礼金"和"敷金"，数目相当于一个月或两个月的租金。"礼金"即送礼的钱或手续费，不退还。"敷金"即押金，在搬出的时候退还，但要视情况而定。如果发现房屋有破损或严重污染，"敷金"则充当为修理费不再退还。此外，还要预付一个月或两个月的租金。这样计算下来，搬家要花搬家费，按远近不同计算；

租房要准备"礼金""敷金"和预付的房租。按月租金 10 万日元计算，搬一次家，要准备 50 万日元左右。特别的是，一些"大家樣"即房东不愿意将自己的房子租借给外国人，因生活习惯的不同，担心会影响周围居民的正常生活。日本人认为中国料理和印度料理等，油烟多、气味重，对房屋及周围环境也会造成污染等，这些都是重要因素。

日本人有一种说法，"搬家的穷人"，即搬家可以让人变成穷人，因为搬家的开支太大。幸亏这次我们的搬家又是公司负担。我们住进了川崎市内的公司职工住宅，近 100 平方米，房租 15000 日元，既宽敞又便宜。

川崎市位于神奈川县东北部，紧靠东京湾的东部，与千叶县的袖ケ浦市隔海相望，与东京都大田区和横滨市紧连，是一个政令指定都市，也是政令指定都市中面积最小的一个都市。截止 2014 年人口有 146 万人，位于全国都市中的第八位。多年以来，政府在东京湾岸大规模地填海造地，众多的重工业化学工业集中在此地。这里交通极其方便，附近有羽田机场、川崎港口和纵横交错的铁道公路。特别是有一座著名的东京湾跨海大桥。这座跨海大桥是一条横跨日本东京湾的高速公路，由海底隧道与陆地上的跨海大桥组合而成，连接川崎市和千叶县的木更津市，靠近川崎市一边的是一条长 4.4 公里的高架桥。从高架桥过去，中央是一座人工岛取名为"海萤（萤）"，意即这个人工岛像海上的萤火虫一样给大海带来闪耀光明。这条跨海大桥正好是在我们搬家到川崎市的当年 12 月份开通。东京湾跨海大桥花巨资采用了特殊的潜盾法施工技术，一半桥梁在海面上，一半在海水底下。海上中央的人工岛，开发成为了著名的旅游景点，配有几种外国语其中包括中国语的导游录音。20 世纪 90 年代末，中国领导人江泽民主席也到此观光，留有记录。

川崎市也是一个开放型的国际都市，有填海造地的海滨工业地带和商业中心，国际上与近十个国家和地区结成友好或姊妹都市。至 2014 年年底止，川崎市住民 146 万人中，外国人住民有 3 万多人，占总人口的 2.11%。川崎市还专门设立了"外国人市民代表者会议"制度，从 1996 年开始，已近 20 周年。外国人代表每两年更换一次，一年中参加各种参政议政活动会议八九回。通过外国人代表会议，市政府及各界人士及时了解和解决外国人住民的有关问题，促进地域的社会和谐与共同繁荣。1981 年 8 月，川崎市与中国沈阳市结为友好都市，在川崎市大师公园侧双方建立了一座"潘秀园"(沈秀园)。园内的山水楼台亭榭，全是仿照中国古代园林建筑，平时来这里观光游览的人络绎不绝，与附近的川崎大师庙一起，成为川崎市具有代表性的旅游景点。

川崎市还有日本著名的漫画家藤子·F·不二雄的美术馆。他的代表性作品有我们熟悉的《ドラえもん》(《哆啦 A 梦》)。美术馆建成于 2011 年 9 月，坐落在市内多摩区内，依山傍水。馆内展示着大量作品原画和有关资料。还有很多这里限定的有关漫画的玩具和食品。自然景观与人文景观终年吸引着人们从四面八方涌向这里观光。

川崎市的中心部还有关东地区有名的跑马赛马场——川崎竞马场，就坐落在市中心的多摩河岸。在靠近东京湾跨海大桥的路边，还有有名的日本大相扑"春日部屋"。

每逢国技竞赛日，大相扑们成群结队赴赛场竞技，行走在大路上，成了一大街头风景。

紧邻川崎市的是横滨市。横滨市是日本有名的国际海港城市。这里有著名的"中华街"，1955 年以前称"唐人街"。每天来这里观光的队列川流不息，热闹非凡。这里有料理、杂货、土产等店铺 620 多家，其中中华料理店有 220 多家。在中华街里，有两所日本有名的中华学校：一所是中国台湾的"中华学院"，创立于 1898 年中国革命先驱孙中山、梁启超来日本之时；另一所则是中国的横滨山手中华学校。两所学校均有幼儿园到高中部的学科。来中华学校的学生以中国国籍的华人华侨为主，进入 2000 年以来，日本人入学志愿者激增。现在纯粹的日本人学生占 33%，日本籍华人占 51%，中国台湾的占 10.8%，中国大陆的占 4.1%，还有少量其他国家的学生。这里分门别类采用中国语、英语和日语教学。从这里毕业的学生升学率极高，有进入日本的庆应大学、明治大学、法政大学、中央大学和日本大学和神奈川大学等。以中华文化为中心，培育具有国际视野的国际型人才，正在从中华学校流行发展。2008 年，中国领导人胡锦涛主席曾到此参观。我的女儿从小学到初中都是在日本学校学习。进入高中时，我们选择了让她进入横滨中华学院学习了三年。

进入 2000 年，人们欢欣鼓舞，横滨中华街也举行了大规模的华人庆祝活动。我们与女儿所在学校的家长和学生们一起，以中国传统文化的舞龙灯、跳狮舞等形式敲锣打鼓地游行庆祝。国内的亲戚朋友们也纷纷打来电话祝贺。回首往事，我们从 20 世纪 80 年代离开故国已 10 多年，成了跨世纪的华侨华人。

持家永住

居住日本期间，我们从刚开始的留学生签证办到技能人文就劳签证，签证的时间也从过去的一年到后来的三年。入乡随俗，随遇而安。为了能更方便、更有效率地生活和工作，我们去日本外务省咨询。外务省发给了我们申请书，认为我们符合办理入籍归化即加入日本国籍和申请办理永久居住的条件，于是我们毫不犹豫地选择了永住。尽管我们知道选择永住者没有与选择入籍归化那样有选举权和被选举权以及出外旅游免签证的便利和自由。

从 2000 年起，我们成了拥有日本永住权的在日华人。

我们住到公司职工住宅的第二年。一天，我从邮箱里收到了一张购买商品房的广告。当时，与我们住在一起的日本同事有不少都购买了自家住房，搬出了公司住宅。看到别人买房，我也动了心。于是我拿着广告，邀请了一位日本朋友一起来到了商品房展示中心。

这个购房展示中心是预先盖好一套商品房让人参观选购，然后根据样品房签订合同，待所预订户数售完后再将样品房推倒重建，在原地按合同按图施工。那天来展示中心看住房的人很多，多为全家老小一齐出动，也有夫妇二人结伴而来的。不少人看完房后当机立断，立即签约订购。订购好了的房子，在墙壁上挂有的一张房号列表中贴上一朵大红花，就表示此房已售出。我首先是看中了住房立地较好，交通方便，离车站和高速公路很近。另外，主要是离我家夫君上班的公司近，同时也离女儿上学的学校近。我一眼就看中了其中的一套住房，坐北朝南，靠东南方向的第一间，有三面阳台，住房的上层正好是空中花园无人居住，且房子面积不大不小正好符合我们的要求。我立即找到工作人员，申请订购这套住房。

在日本，"持家"一词的含义是自己持有所有权的住房的意思。外国人购房，当时首先必须要拥有永住权，即所谓的绿卡，然后其他条件与日本人相同。我拿着各类资料，找到工作人员申请办理购房手续。听完我的说明后，工作人员婉言拒绝了我。他对我说，购买住房是人生中最大的购物，必须要由一家之主来办理手续。我马上说明，我家主人出差在中国，一时不能回来。家里的银行存款全在我的手上，我可以代办。况且我看到今天这里这么多人都在选购，说不定我看中的这套房马上就会被别人订购去，所以要今天立即订购。工作人员听后查看了一下资料，然后对我说，这家房地产开发公司正好与我家主人的工作单位订有协作合同，即本公司的职工购房享有优先和优惠的待遇。于是购房中心的工作人员让我交了 10 万日元的定金，表示这套房在我家主人回来之前不卖给别人，让我安心回家后马上与主人取得联系，告诉他快点回来签订购房合同。

一星期后夫君回来了。在我的固执的要求下，他与我一起去签订了购房合同，付了首款。一年后房子才能建成。在回家的路上，我们谈到我们来这里 10 多年，多次搬家，一家人分分合合好几回。现在马上就有属于我们自己的住房了，真是越想越高兴。

办理购房手续，有一系列的程序。无论是在国内还是在国外，我们还是第一次。特别是一些名目繁多的保险，有强制加入的，也有任意加入的。这要根据家庭的具体情况选择而定。比如房屋的火灾保险和地震保险，前者是强制加入的，保险金在购房时一次性付款，万一火灾发生，保险公司赔偿全部损失。地震保险则是自愿加入，加入期间若遇地震损失，保险公司只赔偿 500 万日元，而且由地震引起的火灾，保险公司不予赔偿。还有个人团体生命保险，要求所有在银行贷款分期付款的住户都要加入。在加入期间，住房所有者死亡身故后，所未偿还完的贷款可一笔勾销。

在我们签订购房合同的第二年，即2001年，美国发生了震惊世界的"9·11"恐怖事件。世界的和平和世界的经济面临严峻的挑战。日本国内也受其严重影响，日经股指持续下跌。我家主人的工作单位的经济效益也一样不景气。公司股票大跌，开始大量裁员，动员和鼓励一部分职工退职和提早退休。在我们拿到住房钥匙时，身为户主的他又开始犹豫了。考虑到国际国内的形势对个人生活可能带来的影响，他想退房，他说宁肯损失这几百万日元的头金（首付），也不想背负这巨额的房贷，做一辈子房奴。我知道他是一个踏踏实实对人对事责任感超强的人。他是在担心我们将钱全用在购房后，会影响今后的家庭生活质量。又经过反复的协商，我们决定不管遇到什么困难，全家三口人齐心协力，共同承担责任。于是我们搬进了新房，在21世纪的第一春，开始了我们在异国他乡的持家永住的新生活。

第五章　归来

在中国上学时，我曾吟诵古人诗句"独在异乡为异客，每逢佳节倍思亲"。那时候，有感想，有触动，但没有共鸣。来到日本后，在下意识中，不只是在节假日中，就是在日常生活里，都情不自禁地会产生许多恋旧怀亲的思绪。比如，将自己现在所处的环境和遇到的人和事与自己过去遇到过的人和事相比较、相联系。在电视里看到了这里的某个人和某件事，会联想到中国的某个人和事。在超市购物，会很自然地将这里的物品与中国的物品相比较。行走在路上，听到熟悉的中国话，会惊喜地凑上前去打招呼。特别是当偶然听到一两句家乡话，就算是一晃而过，也会在这瞬间感觉到自己身上的血流加快、体温升高，脚步加速地追上前去谋求对话。这时候的对话往往是"你么子时候来日本的啰？你咯时候在做么子事啰？"等等。会话理所当然的是家乡用语，土腔土调。连从小在这里长大的女儿也有一种习惯，就算不讲话，老远在人群中发现有人走过来，就会条件反射般地告诉我说，那个人像是中国人，不知是从中国什么地方来的。我家的马路对面有一条有名的河流叫"多摩川"，刚搬家来到这里时，我们经常一家人，还带上刚来日本留学的侄女一起来河堤上散步。有一次我们看到河边上爬上来了不少螃蟹和虾，捉了一些带回家去。有时我也一个人去河边散步，看到河对面的东京羽田空港灯火辉煌，映衬着河面碧波涟漪，河这边是静夜悄悄。我随性漫步在河堤上，与偶尔相遇的散步闲人点点头打招呼。这时候我想唱歌，脑中自然涌出的歌首先是"一条大河波浪宽，风吹稻花香两岸。我家就在岸上住……"其次是"洪湖水呀浪打浪，洪湖岸边是家乡……"还有"我的家在东北松花江上，那里有我的同胞……"但我不敢出声唱，只能在心中默默地哼唱。

我不清楚这些是否达到了如古人诗云的"独在异乡为异客，每逢佳节倍思亲"的意境。我只感觉到这一切的反应仿佛是我的本能，是我的属性，是社会和大自然给我的一种反馈。

湖南人在日同乡会

1990 年，我们的湖南老乡、邵阳出生毕业于湖南师范大学艺术系的在日华侨、个性派自由画家吴之东先生组织发起了"湖南人在日同乡会"，我们积极响应，踊跃参加。

当时参加同乡会成立纪念大会的有 30 多人。记得那年湖南省委书记熊清泉来东京，"湖南同乡会"主持召开欢迎会。老乡们像过节日一样，几乎是全家出动，有不少人还带上同学和好朋友一起参加。大家聚会在东京的一家大会堂，省委书记熊清泉给大家做报告，介绍湖南省经济发展规划，令我们欢欣鼓舞。之后同乡会还多次组织聚会交流。曾经一起去伊豆大岛旅游，也一起去东京新宿御花园赏花，还有一年一次的"忘年会"和"新年会"。与家乡人在一起，我们又多了一份"同是天涯沦落人，相逢何必曾相识"和"错将他乡作故乡"的乐趣。

提到老乡，还值得一提的是，我们有一位湖南老乡叫李小牧。我虽然没有与他见过面，并不了解他，但我读过他写的书《歌舞伎町案内人》，在电视里看到过他参加地方选举的大胆行为表现。从有关资料得知，他从自费留学生到日本新宿歌舞伎町的"案内人"，从事的职业开始是介绍日本风俗界的"性事"，后来参加日本地方议员的选举从事"政治"活动。日本语的"性事"与"政治"两个名词的发音是相同的，但内容却大不相同。因此，有人以他的职业行为来取笑他的从事选举的政治行为。我认为这二者不存在必然的联系，没有必要相提并论。一个人从事的职业行为是与他的生存环境密切相关的。为了求生存而在这个世界上寻找自己的位置，从事适合自己的职业，这应该是人的原始本能行为。为了求发展，在另一个世界里谋求不光是为了个人的生存，也为了其他人的生存发展而采取的行为才是闪烁人性理想的行为。我祝愿他能成功。

第一次回国探亲

我的第一次回国探亲，是在我来日本两年多后的 1991 年夏天。

家书告知，母亲重病住院治疗。当时大学院二年生的"主人"和小学二年生的"娘"正好学校放暑假。我工作的幼儿园也正好放假休息。于是我们整点行装，启动了回乡探母之行程。

当时国家有政策规定，出国留学人员回国探亲时，可免税带"四大件"电器产品。我们家的"主人"自 1987 年离开家乡以来，这是第一次回乡探亲。当时正值我们将国内的父母接到这里一起生活了三个月后他们离开这里不久。中国有句成语叫"衣锦还乡"，我们得体面地回家乡见江东父老，更何况我们在国内工作了那么长的时间有那么多的经历。于是我们倾尽积蓄买了三张往返机票，又东拼西凑，购买了几大件电子产品和名目繁多的大件小件。我们浩浩荡荡地踏上了回归之路。

从东京成田机场出发，不到三个小时，我们就踏上了祖国的土地，上海。虽然分别不到三年，我却感觉到好久好新鲜。下了飞机，忍不住东看看西望望。我告诉第一次与我们一起乘飞机到上海的女儿说，这就是中国上海。8岁的女儿马上提问说，那我就不是外国人了？因为在那边，她周围的人都是日本小朋友，有人将她介绍给新朋友时，都加上一句"她是外国人"。她有一次回家问我，为什么她们都说我是外国人。我告诉她，我们是中国人，现在住在别人的国家——日本，所以在日本人的眼中我们是外国人。如果回到中国了，日本人也就成了我们的外国人。记得女儿刚从中国来日本的时候，她曾经问过我，日本鬼子在哪里？因为来日本时，有人对她说过日本有好多日本鬼子。我告诉她，打仗的时候，有日本鬼子，现在不打仗了，日本鬼子就没有了，不用害怕。

那个年代的海关，还不像今天这么的方便。我牵着女儿的小手，拖着沉重的行李，兴冲冲地顺利地通过了税关，来到了另一个入口处。这里分成两个通道，外国人的通道和国人的通道。两边都排着长队。我看到那边的通道很畅快，而我们这边不知怎么的有点慢。好不容易才轮到了我们，出示护照后，告知要体检。我被带到一个窗口，要在这里抽血化验。我有点奇怪且平常最害怕扎针，于是问工作人员为什么要这样。工作人员理直气壮地说是要检查血液是否带有病毒。我询问是什么病毒？回答的是"艾滋病"！天哪！我没听错吧？不可能吧！简直如五雷轰顶！我震惊！我不敢相信这是真的。我仿佛感觉到此时的自己像是一个从小受母亲宠爱的女儿，依依不舍地离开娘家不久，满怀期待而归时却遭遇到了嫌弃冷淡。我感觉到了失落，感觉到了无奈。我们回来了，回到自己的家里来了。虽然我们还是穷留学生，还不能回来为祖国做贡献，但是我们也不至于会沦落得这么可怕吧！更何况那边的外国人与我们从同一个地方同一架飞机上下来，为什么他们就可以不抽血不接受检查，可以那样洒脱地拂袖而去？我看到前面的人抽完血后掩面而去，再看到后面的人焦躁不安的眼神，我无可奈何，也无话可说，只好闭上眼睛，咬紧牙关，伸出手臂。这一针仿佛是扎在了我的心口上，好痛好痛！

抽完血，还要进另一间房去接受检查。我一个人进去，一个穿白大褂、50来岁的男人让我仰面躺在一张木板床上，然后解松裤带，撩起上衣，检查腹部。我不敢再询问这是在检查什么病，只感觉到那只手在我的腹部按摩后正慢慢地往下滑动。我紧张，我害怕，我不知所措。只听见"嘣"的一声响，门被从外面打开了。那只手也随着门声而猛一颤动，随即结束了检查。我不敢怠慢，像做了错事一般迅速逃离了现场。

出了门，夫君和女儿站在门外等我。我们两人挽着手臂四目相对，无语。好在女儿什么也不知道，也什么都没问。

我仅仅经历了这一次。之后若干年内，夫君因工作经常与日本同事一起出差，出入于中国上海海关。每次出关，他都要接受这种同样的待遇。每次都是在他日本同事的异样眼光等待下匆匆无语地离去。他是一位比我更固执的"国家论"信者，只是每到此时，他对我说他感到"屈辱"，感到没有了做中国人的"尊严"。因为这是在自己的国门内，在外国同事的眼皮底下。

离开上海才刚刚两年，我感到这里的变化真的很大，到处都在挖地修路搞建设。高楼大厦上醒目的巨幅标语，在告诉人们"时间就是金钱，效率就是生命"。出国时我曾住在老同行朋友的家中，这次我们又受到了他们一家的热情款待。急着想赶回家的我们没能赶上飞机，就坐上了回长沙的火车日夜兼程。

离开家乡时长沙的情景还历历在目。也是在这个长沙火车站，60多岁的母亲带着她的小孙子来给我送行。几年前母亲在下公交车时不慎摔倒骨折，大腿部股骨处动过手术，腿部留有伤痕，行动有点不方便。当时我曾埋怨母亲不该到车站来为我送行。我家兄弟姐妹六人，父亲是市蔬菜公司的一名干部，小时候的印象是我记得他经常出差或离开公司去农村搞"社教"或"四清"，一年到头在外忙于工作，很少在家里见到他。家里人口多，母亲放弃了工作的机会，操持家务，任劳任怨地抚养我们长大成人。在我的记忆中，母亲从来没有打骂过我们，也从来没见她发过脾气。家务活全是她一人包揽。她说只要我们听话，好好读书，她就高兴。1963年，作为家中长子的大哥从长沙市一中考去了北京上大学，全家人包括远房亲戚和街坊邻居都为他感到高兴和自豪。去北京后，他想念家中的父母弟妹。母亲就带着我们去了五一路凯旋门照相馆，拍了一张"全家福"寄给了他，让他安心好好学习。

从上学起，每次我们从学校拿回来奖状，母亲都高兴地将其贴到墙上。墙上贴满了，就收藏到柜子里的抽屉中。参加工作后，我住到了公司的单身宿舍。休息日回到家中，母亲总是准备好多好吃的在家等待。母亲做的剁辣椒、酸菜、豆腐乳、腊八豆和紫苏梅子姜是我的最爱。每次在家吃完饭，第二天返回公司宿舍时，母亲又用瓶子装满我喜欢吃的菜让我带走。

结婚后，我住在婆家，平时总以工作忙为由很少回家。休息日，我们带着小孩回家，母亲总是高兴地准备好多菜。清炖牛肉筋和剁辣椒又成了她女婿的最爱。每逢我的生日，母亲就不声不响地带上礼物来到我的婆家与我们共聚。

今天我又回到了两年前与母亲分别的长沙火车站。公司的领导同事和兄妹们又在这里来迎接我，没有母亲的身影。我知道她生病了住在医院，我们直接回了婆家。吃完饭，我急着说要去医院看母亲。他们才告诉我说母亲已在两天前去世了。

不可能！这怎么可能？我眼前只有母亲在火车站上分别时的慈祥面容，我好期待这次回来后的重逢。分开才两年，两年前还是那么活生生，怎么现在就不能睁开眼睛？我眼发黑，腿发软，心在被撕裂。刚吃下去的食物在翻滚，我几乎瘫倒在厕所内。

亲友们过来安慰我，告诉我说母亲是一位善良知足的人，她对我很放心，所以她也就安心地离开了我们。

我不可能安心，我欠母亲太多太多的情。

首先我欠母亲的送别之情。两年前她拐着病腿来到火车站为我送行，我却不知情地埋怨她不该来送行。我应该说，谢谢妈妈来送行，您自己要多保重，要健健康康地等我回来再相逢。

我欠母亲的饭菜料理之情。多少年来，只要母亲在，都是母亲亲手为我们做饭菜，从来没有让我们插手过家务事。迄今为止，我没有专门为母亲煮过一次粥、熬过一次汤。

我欠母亲的洗漱之情。从小到大，衣服、被子全是母亲浆洗，日常住行全是母亲包办代替。而在母亲离去前，我没有为母亲洗头梳发，没有为母亲洗脸擦脚，没有为母亲端茶倒水，没有为母亲穿衣洗尘。

我欠母亲的女儿之情。赡养父母要尽心尽力，做在当下。而我在离开母亲出国时，却将余钱存在了银行里，没有交到母亲的手中。

我欠母亲太多太多情……

从此我成了没有母亲的"天涯沦落人"。我好伤心。这是一次伤心的归程。

第二次回国探亲

1994 年夏天，是我出国五年后的第二次回国探亲。

这次我选择了改道从中国香港入境。因为我听说香港海关不用抽血检查身体。于是我一人带着正在上小学四年级的女儿踏上了归程。

夫君因工作忙不能一起回家。他见我一个人带着小孩，又是第一次从香港入境不熟悉环境，千叮咛万嘱咐，帮我准备行李。让我随身挎一个小包，将护照和现金放在包里随身携带。又考虑到万一包弄丢了，无钱无身份证寸步难行，又帮我在旅行箱中放了部分现金和中国的身份证。这次回国是我辞去了幼儿园的工作，夫君已就职于日本公司后第一次回来，我们准备了一个大大的旅行箱，高高兴兴地踏上了归程。

从东京成田机场出发，飞行了三个多小时，我们来到了中国香港。下了飞机去领取托运行李之前，女儿要上厕所。排队上完厕所后再排队去验证入境海关。香港不愧为国际大都市，进出的国内外人士特别多，机场内很拥挤。我们顺利验证出关后，没有受到上海机场的那种对中国人的抽血检查，我牵着女儿的手轻松愉快地来到了行李转盘前，看到已经没有等行李的人了，转盘上也空空荡荡。只有两位 30 来岁的像是机场工作人员的男子，身前放着一个与我的一样的黑色旅行箱，像是在等人。我走上前去说我的行李还没拿到。我的眼睛盯着他们身边的旅行箱说是和这个一样的。当时在机场托运行李时没有行李票，每个人都是随意地从转盘上拿下自己的行李，出机场口时也没有行李票对号检查的这套程序。听到我说我的行李是和他们身边的行李一样时，其中一位男子立即说，这不是你的，这是别人的。他马上将我带到一个窗口前，让我填写一张行李遗失票，给了我回单后告诉我明天再来拿行李。

第一次来香港人生地不熟，我们事先专门拜托了在香港的亲戚，请他前来接站安排。没拿到行李，办理完报失手续，时间已是晚上 11 点多钟。我和女儿急匆匆地离开了机场与在外面等待了很久的亲戚会了面。第二天，土生土长的香港亲戚与我一道来到了机场窗口接拿行李，工作人员说没有，还要等。第二天、第三天、第四天，我们在酒店住了五天就是为了等行李。机场的工作人员都没有一个明确的答复，更没有什么住宿安排。亲戚告诉我，香港人有点欺负内地人，你不要讲中国话，用日语跟他们谈。我就变换语言与机场的工作人员交流，也没有效果，提出要见机场的领导也是领导不在。我完全失望了。当时正值盛夏，每天来往于酒店与机场之间，汗流浃背，没有一件换洗衣服。我知道不论在此地等多久也只是徒劳。我决定先回长沙，待返回时再来索取行李。结果是，行李最终无着落，直到三个月后返回日本，才由出发地的成田机场办理了赔偿手续，价值不到实际损失的十分之一，因为当时我没有加入特别的行李保险。后来听人告诉我，香港破获了一个由机场工作人员组成的里应外合的盗窃集团。人生有许多学不完的知识，俗话说"吃一堑，长一智"，在行李转盘前时，我明明知道那件行李是我的，但我就是轻信了人言，放弃了自信，因此也就为那些人提供了一次犯罪的机会，也让自己得到了一个教训。

这次回国，女儿在家乡度过了一个愉快有意义的暑假。我将她送进了我曾经工作过的单位子弟学校，让她体验了一个月的中国小学校生活。她住到了我妹妹家，每天高兴地背着书包与比她小三岁的表妹一起去学校。回家后两人又一起做作业。女儿没有正式进过中国的学校。那年她10岁了，对中国话已感到陌生，特别是学校用语她不会。记得她刚入日本小学时，老师让她用中国语说"起立""坐下"，以让日本的小同学们也学习和熟悉点中国话。那天，她高兴地回家来告诉我，说今天在学校里她教了同学们说中国话——"站起来"和"坐下去"。

在中国小学校里，女儿的中国话恢复得很快，每天都很开心。学校的老师让她唱日本歌，她高兴地唱了《幸福拍拍手》。回到家中，她也兴冲冲地唱学到的中国歌。唱得最响的是："我们万众一心，冒着敌人的炮火前进！前进！前进进！"

在离开学校回日本之前，学校的老师关心地问她还想在学校做什么事。女儿说："我想戴上红领巾。"于是班主任杨老师特意在班上举行了一个模拟少先队的"入队仪式"，让女儿戴上了红领巾。在女儿的心中，她是一名光荣的中国少年先锋队队员。回日本后，她将红领巾与她的珍贵礼物一起收藏至今。

之后，我们几乎每隔两年就回国探亲。祖国日新月异，给我们留下了美好难忘的记忆。

投资合伙家乡企业

2005年的那次回国探亲，将我们与祖国的家乡紧紧地捆绑在了一起。

每次回来，除了探望父母亲人以外，我们也都会去拜访一些老同事、老同学和老朋友。一天在故地重游时，我们遇到了老同事耿纪中先生。他与我曾同在一个办公室工作过多年。在我离开单位出国后，曾多次听别的同事介绍说他自己创业奋斗多年，已拥有一个初具规模的企业，是一个有成就有口碑的私人企业家。今天二人偶然相遇，相谈甚欢。言语中我得知他想扩大企业经营，计划将企业建成"高新技术企业"，准备在长沙经济开发区购置土地重新扩建公司。为此他想多吸收资金和新技术特别是外资新技术来扩建新型的中外合资企业，并热情地邀请我们参加。

长久以来，我们虽然离开了原来在中国的工作单位，但一直保持着密切的联系。曾经有多次，原公司代表团来日本有关公司进行技术交流、技术引进以及技术协作和商谈组建合资公司等，我都应邀与原单位代表团成员一起参与了有关活动。另外，我家夫君就职于日本公司，经常奔走于中国与日本之间，相互之间有不少的接触和了解，与企业也有不少共同语言。祖国的日新月异，对我们身在异乡的国人来说确实具有极大的吸引力。国内也有不少公司曾多次邀请他协力合作。这次得到这位老同事、老相识的热情邀请，我回家后马上与夫君商量，二人一拍即合，决定投资合伙办这家公司。

美不美，乡中水；亲不亲，故乡人。更何况我们曾经是多年的老同事、老相识、老朋友。就这样，我们成了湖南这家中外合资企业的股东。

在东京经历"3·11东日本大震灾"

2011年，我们在日本经历了一场震撼世界的大灾难，日本政府称之为"3·11东日本大震灾"。

那是2011年3月11日星期五下午。我下班后与公司的同事一起去市内的体育运动俱乐部参加健身运动。我们加入这个俱乐部已近10年，几乎每天都来这里锻炼。我特别喜欢这里的团体有氧健身操，如踏板操、搏击操、瑜伽和身体平衡操等，还有舞蹈教室的夏威夷草裙舞、肚皮舞和拉丁舞等。每天我们都固定选择一至两项运动。

这天，是我们的水中运动时间。下午2点15分开始，30分钟的水中有氧健身操。3月的天气，乍暖还寒。虽然是室内温水游泳池，但还是感到全身发冷。25米长的游泳池的半边用作我们的水中有氧健身操的场地，中间隔开另一半边用作自由游泳和水中步行的健身场地。我们这边从头至尾排列成了三行，有60多人参加。教练是一位近50岁具有丰富教学经验的女性，姓长野间，我们称她为"ママ"。大家互相都很熟悉随便，她也教我们草裙舞和拉丁舞。我们在水中，教练在岸上，随着音乐我们有节奏地前踢腿、后蹬足，舞右臂、甩左腕、前屈身、后弯腰，前后左右移动着身体。不到10分钟，就感觉全身发热，微微出汗。运动了30分钟，正好是2点45分，教练准点完成训练宣布解散。我们纷纷离开游泳池，去旁边的热水池中冲浪暖身。我刚刚将脚踏进热水池的边缘，身边的同事工藤澄子女士突然对我说，地震，好像是地震了。我根本没有反应过来，她马上离开了热水池不知去向了。

顿时，我感到脚下在抖动，赶快离开了热水池想往外跑。这时候我感到身子站不稳跑不动。看到我前面的两个男人在紧紧地抓住洗手冲洗眼睛处的铁扶手将身子靠在上面不动，正好我的身边也有一根，我也照做。我双手死死地握住铁杆，身子怎么也控制不住平衡，随着房屋前后摇晃。没有抓到铁杆的人，都用双手抱着头，蹲在墙边的地板上。我看到平时很平静的游泳池的水在翻滚，旁边热水池中产生冲击波，用于按摩身体的冲浪口的水像是机关枪射出的子弹一样直冲向游泳池的上方。突然听到一声巨响，游泳池上方屋顶的半边"哗"地一下掉了下来，正好盖在我们刚才还在做水中运动的地方。我脑子里出现了几年前看过的《日本沉没》的电影场景。电影讲述的是地质学家研究发现，由于地壳变化，整个日本将在380天后沉入海底，人们在面临日本末日灾难时的种种恐惧遭遇。当时看这部电影时真是惊心动魄。我知道现在不是电影而是身临其境的真实所在。

近几年来，日本到处都在宣传，告诫国民曾经给日本关东地区造成毁灭性的"日本关东大地震"已经过去了70年。专家认为，在上次大地震的100年之内这个地方还会发生一次大地震。现在已经过去了70年，因此在未来30年的任何时候都有发生大地震的可能，而且很有可能是直下型的大地震，告诫国民要做好准备。这时我想今天可能就是所说的大地震来了吧！也就是说日本沉没的日子到了。该来的终究要来，该去的也就随之而去吧。

真的没有听到一声惊叫声。人们都在默默地忍耐，静静地等待。不知过了多久，其实也不过6分钟左右吧，我突然听到了人的声音，是健身会所的工作人员来了，抱着一大堆白色的浴巾，高声地呼唤大家，地震发生了，不要惊慌，每人拿一条毛巾裹住身子，赶快离开此地，不要乘电梯，要步行从楼梯下去，到下面宽敞的广场避难。

　　我迅速离开了这里，经过走廊去更衣间。这时头顶上"哗"的一声冷水直泻。这是装在房屋顶内地震防火的自动装置启动了自动灭火功能。冒着水我来到了更衣室，打开了个人衣柜罩上大衣背上行装就往外跑。有的人因衣柜变形打不开柜门只好穿着游泳衣披着毛巾往外跑，冷得瑟瑟发抖。来到了楼下的广场上，正好碰到了同事工藤女士。我俩站在广场上，看到矗立在车站附近的30多层高的写字楼在天空下瑟瑟发抖。工藤女士说站在这里避难也很危险，我们不如赶快回家。平时我们都是坐电车来往。因地震电车已停开。交通瘫痪，手机不通，我们只能步行回家。在路上，工藤女士告诉我，现在还不知道地震中心发生在什么地方。地震后有相当一段时间会有余震不断，还会停电断水，要做好准备，现在我们先去商店购买一些物品。于是我跟她来到路边的一个便利店。平时灯火辉煌的店内一片漆黑，已有一些人在摸黑购物。店员在小声提醒大家，地震发生了，大家互相关照，适当购买一些必需品，互相分担。我学着工藤女士的样，买了电池、手握饭团和两瓶矿泉水。

　　平时坐电车只要10分钟就可以到家，今天我们走了一个多小时。路上没有遇到一个行人。手机打不通，路边有公用电话，在紧急情况下据说是可以免费提供服务，但就是接不通。我开始担心起在东京湾海边上班的夫君的安全。公司于几年前从东京羽田区搬到了千叶县富津海边，曾组织我们家属去公司参观。夏天我和女儿还参加了公司组织的"潮狩り"，即在退潮后的海边挖捡贝壳海鲜。公司坐落在茫茫的大海——东京湾边上，职工们每天乘公司的班车，从川崎市的跨海大桥穿过海中岛去公司上班，每天来回两个多小时。我想如果这里发生了地震，再发生津波海啸，夫君所在的公司的位置必定首当其冲。一种不祥之感笼罩着我，使我既害怕又无可奈何。走到半路上，迎面过来了一个人。我们急忙询问他是否知道地震发生在什么地方。他告诉我们，从电视中知道，今天下午2点46分，在东北地区的宫城县仙台市附近，发生了震度为里氏7级的大地震(后改为里氏9级)。震源地距离东京有100多公里。津波海啸正在发生，余震将会持续不断。这是日本历史上也是世界历史上发生的超强大地震。

听到地震发生的时间是下午2点46分，我又一次感到了震惊。我们近百人在游泳池中运动的时间是30分钟。下午2点15分开始2点45分准时结束。因为天冷，大家迅速离开了游泳池。假如教练拖延一分钟的下课时间，那由于地震而倒塌下来的屋顶将正好砸在我们运动的地方，将把我们罩在水中不能动弹，那后果真是太可怕了。现在没有一人受伤，真是万幸。"时间就是生命"，今天我体会了它的真正含义。

在回家的路上，我一直在想，这么大的地震，家里不知震成了什么样子。正好几天前买了两台新型数控液晶电视机，很轻很薄，不占地方。我们只将电视机摆放在电视柜上还没有固定位置，准备星期六休息时再来安装。这么大的地震，估计已被震动掉下来摔坏了吧。我家住在四楼边上，电梯停止运行，我从楼梯上匆匆赶到玄关，打开房门，第一眼就看到电视机端端正正地立在原地方，简直是纹丝未动。家中的吊柜中的瓷器摆设也完整无缺。简直是奇迹，我不敢相信。这么大的震动，当时我在游泳馆时双手紧握铁杆也稳不住身体的前后晃荡，家里竟然没有一点损伤，这日本的房子造得也真是够坚固够有技巧的了。

回到家，外面已经一片漆黑，唯独我们这个住宅小区内没有停电。打开电视，所有频道全是地震津波海啸，房子汽车都浮在水面上随波逐流。那场景前所未见，真是可怕。一个人坐在家中的沙发上，不敢看电视，脚下感觉到地板在抖动，随后身子像飘浮在云里雾中。我不敢一人待在家里，赶快去敲隔壁邻居家的门，躲进了别人家里后才开始感到增加了点勇气面对现实。晚上一个人睡在家中度过了一个漫长的不眠之夜。我不停地给夫君打电话，没有一次接通。半夜中看到了一条信息，是夫君发来的，"地震了，怎么样？"我想回信息可是怎么也发不出去。我睡在床上，没一会儿感觉到突然"咚"地一下身子随床铺在往下沉，头顶上的电灯在急速摇晃像是会掉下来。这是余震在不断地发生。好不容易等到天亮了，还没有夫君的任何消息。倒是远在澳大利亚留学的女儿从那边打来了国际长途，问候父母地震的情况。之后，远在中国故乡的妹妹又来了电话，催促我们赶快离开这里，回家乡避难。这时电视里开始报道福岛原子能发电设备遭受地震后发生核泄漏，呼吁附近居民迁移避难。各国驻日大使馆员也纷纷出动，赶赴现场救援。日本国内顿时一片紧张气氛，机场拥满要归国的外国人，旅行社的飞机票一扫而光。也有我的日本好朋友劝我赶快回国避难，并好心地说自己是因为没有去的地方，只能死守在这里。还有不少人举家南迁，投亲靠友，为的是远离核辐射的伤害。后来才知道，在 9 级地震发生后的一个小时之内，又发生了三次 7 级以上的余震。在一个月之内，5 级以上的余震 466 回。不计其数的余震和诱发性地震一直延续至今。接连而来的是火山喷发，核电站受损出现核泄漏、核辐射等。"3.11 东日本大震灾"共计死亡 15900 人，受伤 6152 人，下落不明者 2523 人，损失总额 16 兆 ~25 兆日元。

好不容易等到晚上 10 点多钟，夫君回家了。受地震影响，东京湾跨海大桥和高速公路封闭停用，公司的班车载着职工沿着一般公路驶行，原本只需一小时的路程花了 10 多个小时才终于回到了家中。我一颗悬着的心总算落了下来。

　　地震后，不少外国人都选择了回国。与我在一起上班的国人朋友地震后的第二天就宣布辞职，举家打道回府。也有人选择一家之主留在这里上班，家属回老家生活。我与夫君商量，我们怎么办？他说这里还生存着1亿多人，担心害怕什么。地震、火山、飞机失事和恐怖事件到处都有发生，谁能保证自己能避免。因此我们没有犹豫，照常在这里坚持工作生活。同年底，公司派员驻在中国的合资公司，夫君与其他日本同事一起前往赴任。当时也有人顾虑中国的环境污染，$PM_{2.5}$超标，雾霾严重，认为去中国工作不是一个明智的选择。这时也有不少日本同事这么说，中国国土上有10多亿人口长期生活在那里，我们现在去那里工作和生活又能算什么。

　　长期生活在这里，我确实体会到日本国土有一个多灾多难的自然环境，但又是一个高度成熟和谐、适合安全生活的地方。国家具有高度完善的管理体制，无论是从自然灾害的防范管理还是民事法规的制定执行。这里的人从上小学开始起就接受一系列正规的安全防范教育，如定期举行防火防地震演习等。在所有的学校和所有的居住地地图上，都有灾害防范避难标志。在所有公共场所包括学校和居民楼，都有醒目的避难出口标牌。每个家庭都备有灾害避难物质，包括水、基本口粮和日常生活用品及药品。与此同时，公民的合法权益受到侵害时，这个国家的公民可以以个人的名义或联合署名的形式，以国家政府或地方权力机构为被告对象，提起申诉打官司，状告政府或某个执法部门侵犯个人利益的行为，索取赔偿或恢复个人名誉。企业事业单位也可以向个人提出控诉，通过法律手段索取经济赔偿和恢复企业名誉。这样的例子很多，比如个人自杀行为，如果在铁路运输地点自杀而造成交通事故引起的经济损失，要由自杀死亡者的直系亲属承担责任、赔偿损失。2015年，法院判决一起因患老年痴呆症的人在乘电车时违反常规造成停车事故，虽本人在事故中已死亡，但法院认为其丈夫和长子没有尽到看护的责任，判处赔偿金700多万日元。还有一事例，2001年，与我们一起搬到新家的隔壁邻居是一对新婚夫妇，在新房住了三年没有生小孩，于是就养了一只小狗。购房时，开发商明文规定此住宅内禁养宠物。我们住户自治理事会得知他们的违规行为后，进行了劝告。他们就自觉地带着宠物搬出了这里。他们亏本出售了这套住房，又在附近购了一套明文规定可以养宠物的新房。2005年前后，日本发生了住宅建筑物造假事件。日本有法律规定，在建房时，所有建筑物必须达到耐震度5级以上，我们所住的房屋都接受了检查。这对年轻夫妇购买的新房正好被查出是伪造耐震建筑。于是我们看到各电视台媒体来此采访曝光，这对年轻的夫妇也作为住民代表出现在电视上，与开发商及有关方面打官司索赔。很快，这幢10多层高的楼房被夷成平地。通过电视我们得知，楼房的建筑师因伪造罪被判刑入狱，其妻子因不堪承受社会的压力而自杀身亡。

随夫驻在中国温州瑞安市

2011年底，夫君与公司的日本同事一道，由公司派遣来到了中国温州瑞安市的中日合资公司工作。我作为海外驻在员家属也随同前往。瑞安市是中国浙江省温州市代管县级市，位于中国黄金海岸线中段，地处上海经济区和厦漳泉金三角之间。1987年开始，瑞安市即被国家定为首批14个沿海经济开发区之一，为中国农村综合经济实力百强县之一、浙江省小康县和浙江省重要的现代工贸城市和历史文化名城。

2003年，日本公司在这里筹建合资公司，我家夫君曾在这里工作了三年。2004年夏天，我与当时正在日本国内上大学的女儿一起来这里探亲。我们住在市内的阳光大酒店，坐公司的班车去公司参观。汽车经过市区后驶向公司，沿途多是荒山废田，到处都在开路盖房。中日合资公司建立在这当时还是偏僻的小县城里，显得格外引人注目。时隔七年我再次来到这里，可以说已是焕然一新，到处是高楼大厦、健身会所。房价每平方米达5万元上下，与我们在日本首都圈买的住房单价不相上下。据说公司的不少职工家里都有成套整栋的住房，除了自己居住以外就是出租或者自己开公司当老板。他们的艰苦创业的精神和私有财富的积累令人瞠目结舌、刮目相看。这里到处都停泊着奔驰、宝马等豪车。

大约在 10 年前在机场书店，我曾看过一本书《可怕的温州人》，将温州人比作"中国的犹太人"。书中写道，中国的温州人为什么可怕。首先是他们天生有一种不唯上、不唯书、只唯实的朴素自然意识。温州人信奉"民以食为天"，怎样能生存、怎样能富裕幸福他们就怎么干。温州人可怕还在于他们"江河不拒涓流"。没有国家投资形成的巨额产业群，他们自力创业"从我做起""从小做起"，生产纽扣、皮鞋、打火机、低压电器等。温州人文化不高，但动手能力强。温州人生产的打火机，占领了全球市场的70%，搞垮了不少日本和韩国企业。温州人的可怕还在于他们对市场天生的敏锐嗅觉。全国各大中小城市，有 160 多万温州人在大小市场呈均匀分布，办了 3 万多家企业，86% 从事商业流通。而在海外，还有 50 多万温州人。哪里有商机，哪里就有温州人。温州人的可怕，还在于他们有着不同于中国传统等级制文化的独特地方文化传统。温州社会经商、办厂蔚然成风。"家家户户开发项目，家家户户研究管理，家家户户融通资金，家家户户开拓市场，家家户户承担风险，结果家家户户都有企业家。"温州人敢想敢干，温州的一家法派服饰有限公司，甚至可以向前美国总统克林顿发出电子邮件，开价200万美元邀请他卸任后担任该公司的形象大使。是温州人唤起了中国精英阶层对财富文化的重新认识。从古到今，温州人从来也没有像今天这样为世人所瞩目。书中还写道，"可怕的温州人"其实并不可怕。当我们真的认为他们可怕时，那是我们心虚或者嫉妒。他们的可怕的本质恰是我们应该学习的榜样。温州人，在中国的每一个角落，绝对意味着梦想和财富。

2013年，在温州瑞安，我在中央一台看了一部由中国台湾著名演员李立群饰演主角的36集电视连续剧《温州一家人》，我们所在不远的地方就是拍摄现场，也是剧中主人公的故居。剧中所讲的也是这里的人在中国改革开放30多年中艰苦创业、开拓市场、积累财富，使得个人命运大改变的真实感人的故事。

来到这里，我们住进了公司为我们安排的住房。阳光大酒店当时是这个城市唯一的一个四星级宾馆，由公司派来工作的驻在员长期住在这里。酒店特别为我们这些外来人员改造了客房，每人一套两间房还专设有厨房和家电，且免费提供自助早餐。酒店服务员分别担任各户的"管家"，及时联系有关事宜，可谓是无微不至。酒店内还有游泳池、健身房、棋牌室和保龄球运动场等，驻在员们可以随时自由参加利用。

记得那是2013年的夏天，日本一些国家领导人参拜靖国神社。中国国内激起反日情绪，不少地方举行游行抗议活动，长沙地区的日系企业如"平和堂"遭到围攻，日本制汽车也有遭砸毁。在瑞安我们住处的附近，我们看到有的停在酒店旁边的日产汽车的后尾盖板上贴有"车是日本车，心是中国心"的纸牌，意识到这里的气氛也有点紧张。这时合资公司的领导李国斌总经理和瑞安地方公安的有关人士一起来到酒店，给这些从日本过来工作的五六位驻在员放假一天，聚集在阳光大酒店开会吃饭，安抚大家的情绪。李国斌总经理还特意在自家房的楼顶举办了野餐会，亲自动手购买食材，与大家一起烧烤聚餐，营造出一种和谐友好的气氛，消除一些不必要的疑虑。李国斌总经理是本地出生的一位创业成功的私人企业家。听他的夫人林映雪女士介绍说，他25岁起开始当厂长，创业初期，条件十分艰苦，为了工作，他们不分昼夜。有时生病了也顾不上休息，脚痛无力时他们从医院里将药拿回家，夫人自己学着注射打针，病情稍微缓解以后他又马上投入工作中去。多年以来，他和兄弟们一道艰苦创业，一路走来，他们的私人企业——中国浙江嘉利特实业股份有限公司于2003年5月与日本有名的具有近百年历史的老企业荏原制作所成功合作，成了中日合资嘉利特荏原泵业有限公司，是温州500强企业之一。

瑞安市内有一家名叫"圣玛瑜伽国际俱乐部"的融美容、美体、健身为一体的健身会所。来到这里以后我就参加了这里的瑜伽健身活动。这里参加健身的多为30岁左右的年轻人，多为公司职员、学校教师和地处附近的政府机关工作人员。她们多利用午休的一小时来这里锻炼，更多的是利用下午下班后的时间。也有不少年轻的家庭主妇来这里锻炼。这里教授的瑜伽我很喜欢，教练们都身手不凡，与我在日本大型体育运动俱乐部时练习的瑜伽相比一点也不差。五年来，我虽然来来去去，但只要一回到这里，就迫不及待地来参加健身锻炼。我自认为已是这里的忠实粉丝。

在瑞安市我还结识了两位女士。鲍健美女士是一位土生土长的瑞安人，虽然年近五十岁了，但长得很年轻漂亮，身材姣好，穿着也很时髦。她原本是瑞安市内一家企业的职工。在国家改革开放中，她离开工厂，自己创业，经营服装销售。另一位是邹玉兰女士，是通过鲍健美女士介绍认识的。她出生于中国东北辽宁省，是瑞安市在全国各地招聘人才时来到这里的，与我同住在一个叫"人才村"的小区里。听人介绍说，她是一位手艺高超的妇产科主任医师，年近六十岁，虽然退休了，但还在医院兼职工作。她们两人同是基督教徒，又同是"瑞安爱加倍社工团"的成员。我曾与她们一道去瑞安市内的一家老人院参加义工活动。我只是一位旁观者，看到了她们义工社团成员有30多人，有的还带着自家的小孩一起参加。她们为老人洗发剪发，还洗脚剪指甲等。医生义工们还为老人量血压号脉搏、进行健康指导咨询等。

瑞安市内有一家由个人经营的"真情养老院"，这里住有 60 多位老人，年纪大的有 90 多岁。他们长年寄住在这里，有专人护理，每月交纳的入院生活费只需 1300 元人民币。"爱加倍义工团"除定期来老人院服务以外，还轮流去市内医院服务，在挂号处、缴费取药处等帮助和指导患者求医。我看到她们在基督教堂时是超凡脱俗的虔诚平凡的信者，在日常生活中又是令人敬佩的无私奉献的、高尚的凡人。

在瑞安市，我还结识了一对日本夫妇，河野文江夫人和她的在瑞安市一家私人企业工作的日本先生。他们比我们早半年就来到了这里。河野先生之前在日本一家大手企业工作，年轻时曾由日本公司派遣在美国工作过 10 年时间，后返回日本工作，到年满 60 周岁达到日本法定的退休年龄，在日本国内办理了"天年退职"的手续后，他通过在互联网上的求职活动，只身来到了瑞安市，在基本不会中国话的情况下来这里的公司进行考察和接受面试，然后成了这里一家私人企业聘请的外国人技术专家。之后夫人作为家属陪同在这里一起生活，至今他们在这里工作和生活已超过了五年。

在这家中国公司，河野先生与公司其他职工一样，每周工作六天，每天正点上班，还经常加班加点出差办事。现在他已过了 65 周岁，除了上班工作以外，他还利用业余时间学习中国话。每周坚持下班后的两个晚上去市内的健身房跑步，每月两次参加市内的网球练习或比赛，还每月两三次去温州市内的高尔夫球场打球。无论是网球还是高尔夫球，他的球技很是令人赞赏。认识河野先生的人都十分感慨和敬慕河野先生这种敬业拼搏的精神。

2014年，河野先生及夫人作为对中国温州瑞安市的经济发展有突出贡献的外国代表，被邀请出席了温州市的招待会。另外，随夫在这里生活的河野夫人也和当地的家庭主妇一样，只身上街购物，乘公交车出行。在基本不会中国话的情况下，我看到她总是随身携带着一个小本子和圆珠笔，遇到什么事情，按日期记事，本子上总是写得密密麻麻、工工整整。她不光去大超市小商店购物，还经常只身去大街小巷的菜市场买菜。我经常看到她购物付款时用纸笔写字与售货员交流，破鱼砍肉都是在用手势表达。

河野夫人的家庭料理真可以称得上是精致可口。有几次她招待我和我带去的中国朋友到她家里做客。她手工制作的ちらし寿司、唐揚げ、煮物等日本料理，调味料都是从家乡带来的，菜肴摆盘色彩搭配都很讲究，与我在日本料理店吃的没有区别。她告诉我她结婚后完全进入家庭，一直为专业主妇，生育了三个女儿。几十年来她都是坚持每天很早起床做早餐，与先生一起吃饭后送先生至玄关门外。晚上不论先生是加班或是去健身房锻炼后晚归，她都等待先生回家后一起进餐。她有事离开家时，都尽量赶在先生下班回家之前自己先回到家中。遇上十天半月不能在家，她会将煮熟的白米饭分成小份，一餐一餐的分量用保鲜膜包裹好冰冻保存。每餐的菜她也尽量按分量准备分装好冷冻或冷藏。这样先生下班回家后只要简单地将饭菜放在微波炉解冻加热后，就可以吃上合自己口味的饭菜了。除了做料理外，她还热衷于刺绣、裁缝和布片拼接等日本传统的"パッチワーク"手工制作。她从日本带来不少五颜六色的绒线和色彩形状不同的小块布料等，家庭玄关的脚垫、餐桌的垫巾、茶杯的小垫子和桌布等都是她的手工艺品。连墙壁上的镜框画也是她用一小块一小块的碎布拼接手工缝制而成的。对于她的家庭生活，我看到她的脸上始终充满着乐观自信和满足愉快的微笑。

回乡定居

驻在（办事处）在中国浙江省的温州瑞安市，给我们增加了回家乡长沙的机会。我们来往穿梭于日本与温州、瑞安与长沙之间。

每次回长沙，我们都喜欢故地重游。坐落在长沙市岳麓山下的湖南师范大学和中南大学，是我俩的母校。岳麓书院的"惟楚有才，于斯为盛"的千古学风，培育出了千千万万的学子，令我们百游不厌。岳麓山下清风峡中的

"爱晚亭"闻名遐迩，与日本鹿儿岛市为纪念与长沙市结为友好城市所建造的"共月亭"形同姊妹，遥遥相望。"爱晚亭"三字由中国伟人毛泽东主席的亲笔题写，令人景仰。唐代杰出诗人杜牧的"远上寒山石径斜，白云深处有人家。停车坐爱枫林晚，霜叶红于二月花"的诗句一直伴着岳麓山的松涛和嫣红的霜叶，珍藏在我们的记忆中。一次我们还意外地在白鹤泉边拜读了多年不见的老同学、现为长沙市文联主席何立伟先生写的《青风泉记》。这一切的一切，数不胜数，令我们这些长沙游子思情不断，魂系故里。

在长沙的一次老乡同事们的聚会上，我的朋友们都热情劝诱我回长沙定居，并立即行动，将我带到了我们原来工作单位的地方。这地点原来是公司的工厂和办公大楼，后工厂和办公大楼迁移至郊外，这里开发成了一片商品房，场面很是壮观。在大家的簇拥下，我们一行十多人一齐进了售楼部。熟人熟地，大家七嘴八舌，各抒己见，当场就帮我预订了一套住宅。就这样，开始了我回乡定居的旅程。

20世纪80年代出国时，我们都注销了户口。回乡定居，买房要立户。首先我们得从申请户口开始。家人帮忙，替我先去公安机关和侨办咨询办理程序。得知有两种办法适合我的情况：一种是投资商的身份，当时我已是一家中外合资民营企业的股东且已有八年的时间；另一种是以普通归国华侨的身份办理。我选择了后者。我觉得我出国前和现在都一样，是一位普通的老百姓。而且我是土生土长的长沙人，在国内，我只在长沙生活过。在国外，我也只在日本居住过。我还持有以前的老户口本，我以前工作过的单位和同事们都还在，而且我手中还握着出国时市委组织部为我个人签发的同意我出国的文件。因此我满怀信心与期待，着手申请办理回乡定居的手续。按照市公安局出入境管理处发给我的申请资料，开始了我的回乡定居的一系列申报手续。

首先是填写"华人回乡定居申请表"。申请表中除如实地填写自己的身份和家庭基本情况以外，还要书写和表明自己申请回乡定居的理由，包括在国外的经历和准备回乡定居后具备的经济能力等。我虽然离开家乡近30年，但经历比较简单，我按照要求填写了所有项目。完成了这一项目后，还要提供出国前在国内生活工作过的原始记录。为了找到这些资料，我去了市档案馆，查到了我的个人档案并复印成证明资料。然后还去了派出所和街道办事处，找到了我出国时注销户口的原始记录并复印成证明材料，同时还找到了第一次居民身份证的原始记录等。所有资料凑齐了以后，一次性递交给市公安局出入境管理局（后改为市侨办）。公安机关工作人员告诉我，资料已经齐全，要经市局审批后再报省局审查批准，并且告诉我，在等待审批的半年时间内，不能有出国记录。要在国内居住半年以上的时间，并且还要有当地的住所证明，并要在当地住所的派出所登记临时居住注册，待半年后再拿着所在派出所的居住了半年以上的证明来这里正式办理申报手续。我不是独生子女，在长沙有兄弟姐妹。我在老兄的户口上签订了临时住所证明。为了能尽快地回乡定居，我感觉自己仿佛又回到了青年时代，像国家工作人员一样，去政府机关办事，赴档案馆查阅资料，还去派出所办事处寻根问底。一连串的奔波查资料写证明办手续，尽管程序繁杂，但我乐此不疲。功夫不负有心人，经过多方的努力和帮助，经过半年多的等待，终于批准了我的申请，我又回到了我的故乡。

感谢一切接纳和帮助我的人，使我能够愿望成真。

后 记

　　"人生实在是一本书。""凡事都有偶然的凑巧，结果却又如宿命的必然。"

　　在我结束这本纪实性回忆录时，我想借用我的老乡、著名大作家沈从文的这句话来概括我此时的心境。

　　在我的家乡湖南，有一句土话叫"三十年河东，三十年河西"。我现在正好是这个境界。未来的30年会是怎么样，谁都可以去想象，但谁也不可能有现成的答案。早几天与朋友一起在川崎"喫茶店"喝茶聊天，一位朋友问我，你经常这样飞来飞去不觉得可怕？我回答说顺其自然就觉得坦然。当我说我在写回忆录时，马上遭到了别人的异议。有人说，在中国，女人就算是结婚了也可以和男人一起平起平坐，照样可以继续原来的工作，但来到了日本后就只能当家属随波逐流，相夫教子有什么值得写。还有人说，《北京人在纽约》可以轰动20世纪90年代的中国，"中国女人在日本"在现代的中国社会又有什么值得张扬。

　　确实如此。在现今的社会里，现代人的人生价值观尽管在逐渐变化趋向多元，但主流还是在以事业的成功和财富的积累为度量衡。在国内的这段时间里，我也拜读了一些作品，其中有《绝望锻炼了我》《天使在人间》《野心优雅》《世界因你不同》等。我没有一个显赫的家世，也不具备一种天生丽质，更没有改变人类的能耐和征服世界的野心。我是一位有普通家庭的女性，一个有丈夫的妻子，一个有女儿的母亲，以及有兄弟姐妹还有不少中日朋友的普通公民。离开自己的国土近 30 年，我从来没有感觉到过故乡跟我疏远。在异国他乡生活了这么多年，我也从来没有感觉到过这里是怎么样的可怕和陌生。在国内生活和工作时，我除了有父母兄弟姐妹亲情的关照和爱护之外，还拥有原工作单位的领导同事和学校的老师同学友情的眷顾和支持。在异国他乡我也同样拥有类似的这种亲情和友情。现在在日本常住的外国人有来自世界 10 多个国家达 220 万之多，其中华人近 70 万人，居在日外国人之首位。在这里我无资格称赞他们其中的某些人有多么地优秀，也没有必要在这里去评论其中的害群之马。绝大多数的他们在那里入乡随俗，努力学习，默默工作。同时他们也在那里传播和展示着中华文化，潜移默化地改变着这个社会。特别是那里的华人第二代，我相信他们会比我们这代人更优秀、更有出息。

同时，现今的日本社会也正在向世界展示着自身前所未有的国际化、地球村的一面。所有这些，是我提笔想写这本书的初衷。尽管中国和日本有一段抹不掉、剪不断的历史纠葛，尽管现在的中日关系还有些不尽如人意，但我是一个普通的中国公民，我以一个平常人的心态来看这世界，以长期生活在异国他乡的普通中国公民的身份来叙说我们在这里的经历和感受。我为我作为中国人能在这异国他乡自食其力得到认可受到尊重感到满足和自豪。我感谢生我养我教育培养我的具有中华文化传统美的父母。也感谢帮助我、接纳我无条件地教授我异文化新知识和无私地给予我工作生活上照顾援助的充满人间温情人性美的日本友人。我爱我的祖国家乡，也爱我生活过的那个充满自然美、人性美的土地和人民。

感谢我的祖国，在 20 世纪 80 年代改革开放的初期，为我们打开了世界之门，圆了我们这代人的自费出国留学梦。我还感谢我的祖国，在 21 世纪的春天，又为我们敞开了母亲般的怀抱，接纳和温暖了我们游子的心。

因此我花了三个月的时间写了这本书。我仅以这样的方式来表达我的心境。

赵建华
2016 年 2 月于长沙